AF476723

LE BAQUET MAGNÉTIQUE,

COMÉDIE,

EN VERS ET EN DEUX ACTES.

PAR Mr. P. G.

Tanquam hæc sit nostri medicina furoris.
VIRG.

A LONDRES.

M. DCC. LXXXIV.

PERSONNAGES ESSENTIELS.

CHARITON, docteur magnétiseur, dans la plus grande élégance, en habit fond lilas.

GILLE, aide de Chariton, en habit de caractere jusqu'à son doctorat, dont il ne conserve ensuite que la culotte.

FOUILLON, riche financier, costume superbe, le ventre d'une grosseur démesurée.

FILIPENDULE, médecin, en robe rouge, petite perruque à l'Angloise, le ton brusque, la voix aigre, & de très-petite taille.

BISTOURI, } chirurgiens, en costume de campagnards,
CHARPIE, } au gré de l'acteur, & en grosse perruque.

DIAGREDE, apothicaire, de très petite taille, costume bizarre, & grosse perruque.

L'ABBÉ DES ESSENCES, en habit court, & pouponné.

Une Marquise supposée, }
SOPHIE, fille de la Marquise, } en noir.

JAVOTTE, fille de charge de Chariton.

PERSONNAGES ACCESSOIRES.

LA PRÉSIDENTE DE VIEUX-BOIS, vieille paralytique, les membres & la tête tremblants.

LE COMMANDEUR DE LA BOSSIERE, bossu derriere & devant, appuyé d'une béquille & d'une canne à corbin, une cuisse beaucoup plus seche & plus courte que l'autre.

LE BARON ISCHIAS, cu-de-jatte, ayant pourtant ses cuisses & ses jambes, mais repliées.

LE CHEVALIER DE LA FREDAINE, mousquetaire aveugle, les yeux voilés d'un taffetas verd.

JUCONDE, chanteuse de l'opéra.

BETYSY, bourgeoise de Paris, homme travesti, d'une très-grande taille, costume d'artisane.

Madame BOUFLE, femme de Chariton.

SALIGNAC, }
TABAGNAC, } laquais de Fouillon, mais sans livrée.

Deux Domestiques habillés en houssards, au service de Chariton.

ORLÉANS, negre de Chariton.

Un Sergent, & plusieurs Recors.

Deux Porteurs de Madame la Présidente, deux Domestiques de la Marquise, le Rouleur du Commandeur, & derriere la scene un Trompette.

La scene est à Paris, dans l'hôtel du docteur Chariton.

LE BAQUET MAGNÉTIQUE, COMÉDIE.

ACTE PREMIER.

Le théatre représente un salon, orné de glaces & d'arbustes fleuris. Divers paravents à feuilles déployées, & derriere chaque paravent, un matelas étendu. Un autre paravent à gauche du théatre, & près du parterre, cache un baquet vuide & sans couvercle. A l'autre angle, un harmonica & un sopha. Au milieu du théatre, un peu dans le fond, une table couverte de drogues en boîtes, pots & bouteilles. Quantité de fauteuils épars.

SCENE PREMIERE.

GILLE, JAVOTTE.

GILLE.

VOULOIR de nos secrets sonder la profondeur,
Je dois t'en prévenir, c'est un piege, Javotte;

La conjecture entraîne, on vague par l'erreur,
On croit raisonner, on radote.
Le magnétisme, pauvre oison,
De cent toises au moins surpasse ta raison ;
Ressens-en les effets, reste sous son empire ;
Crois sans analyser.... sans discuter, admire.
Ce n'est qu'à Chariton, qu'à moi, qu'à nos pareils,
Que la nature a paru hors du voile :
Ministres de ses loix, membres de ses conseils,
Nous sommes sur la scene.... & le reste à la toile ;
Le secret est à nous.

JAVOTTE.

Vous l'avez payé cher ;
Et j'en conserve encor le souvenir amer.
Messieurs les scrutateurs n'étoient pas à Bruxelles
Des ministres heureux.... Cent affronts, vingt libelles
Ont servi de trophée au malheureux baquet ;
Nous mourions tous de faim à l'aide du secret :
Pour dîner amplement, parlez-moi de Malines,
De l'atelier, des baquets d'un tanneur ;
Nous écharnions des cuirs, mais nous avions des mines
Qui du moins nous faisoient honneur.

GILLE.

Pour n'être plus tanneur, est-on donc sans mérite ?
Sois plus lente, Javotte, à te décourager :
Le temps approche où nous allons manger ;
Tu peux préparer la marmite.
La renommée a si grand soin de nous,
Que l'engouement d'un seul devient celui de tous.

Sur les tours de Paris on a vu la déesse (1),
Publiant notre gloire, y forcer ses poumons,
Et venir au baquet, fiere de sa foiblesse,
Y réclamer le prix de ses sermons.
Petits & grands seront nos tributaires,
Et les médecins seuls restent nos adversaires.
Nous nous en moquons bien! ces messieurs aboiront;
Quand ils auront tout dit.... ils magnétiseront.
De la cour, de la ville, apperçois le tumulte;
Qui n'invoqueroit pas le dieu de la santé?
De ce concours, ma Javotte, il résulte,
Que ce Dieu laissera nos corps en liberté;
Ne voulant plus semer en terre ingrate,
Il abandonnera pour de plus hauts exploits,
Et mon mésentere (2), & ta rate.
Plus de langueurs.... nous rentrons en nos droits,
Et reprenons notre mine écarlate.
Chaque jour arrondis par quatre bons repas,
J'en aurai plus d'amour, & toi bien plus d'appas.
Dans un jeûne éternel, comment rester jolie?

JAVOTTE.

Gille, si je dois croire à ce pressentiment,
Avec tous vos secrets je me reconcilie.
Quand enfin se doit faire un si beau changement?
Quand s'ouvre l'hôpital?

---

(1) On devine assez quelle est la victime du magnétisme animal, désignée sous la figure de la renommée. Cet intrépide patron méritoit peu d'être le martyr de sa croyance.

(2) Mésentere est un corps membraneux, où siegent les intestins.

GILLE.

Dès ce matin, Javotte ;
Grand cours de magnétiſme, & déjà de notre hôte,
Tu verrois le café rempli de curieux,
Qui crient au prodige, & n'ont pas aſſez d'yeux
Pour chercher Chariton... Où donc eſt ce grand homme,
Ce héros bienfaiſant, ce dieu des Pays-Bas,
Ce ſoleil de ſanté.... C'eſt ainſi qu'on le nomme.

JAVOTTE.

Héros, ſoleil, & dieu ; mais, je n'en reviens pas.

GILLE.

Je le crois bien, Javotte, & ma ſurpriſe eſt telle,
Que ſur ces qualités, moi-même je chancele.
Calcule les ſuccès du docteur Chariton,
Par le crédit qui les précede ;
N'ayant ſur lui pas un jeton,
Il a couru la halle, & depuis il poſſede
Des habits, des bijous, des chevaux, des cochers,
Des laquais, un carroſſe, un negre & des archers.
L'as-tu vu ce matin, partant pour la police ?
Un duc & pair eſt moins reſplendiſſant....
Eh bien.... le magnétiſme eſt-il appétiſſant ?

JAVOTTE.

Il ne vous manque plus qu'un ſuiſſe.

GILLE.

Nous avons un trompette.... & c'eſt plus indécent.

JAVOTTE.

Mais, ſi l'on apprenoit.... Que ne peut pas la rage ?
Que Chariton, naguere en ſon pays,

Etoit un maître Boufle.... Adieu l'échafaudage,
Et l'importance de Paris.

GILLE.

Je partage peu tes alarmes.
Mon maître est un Protée, aimé, rempli de charmes;
On sauroit, à Paris, qu'il fut jadis tanneur,
Que nous n'en perdrions pas un degré de faveur.
Qu'importe ici le rang, quand la gloire l'efface?
Connois les Parisiens.... leur transport est tenace;
Une fois déclarés, ils le sont pour toujours;
Le suffrage circule, & la mode a son cours.
Au reste, le secret de la métamorphose
N'est connu que de nous, & pour le bien commun,
Nous aurons, je crois, bouche close:
Chariton opulent, nous riches, c'est tout un.

JAVOTTE.

Je ne vois pas cela.... l'ambition t'égare....

GILLE.

Bien moins que la roideur, qui de ton cœur s'empare;
Il cesseroit bientôt ce fol entêtement,
Si j'osois, sur l'espoir de ton discernement,
Hasarder une conjecture?

JAVOTTE.

Hasarde, ose, butor, ta crainte est une injure.

GILLE.

Un très-petit abbé, des plus originaux,
Qui se dit de la cour, & reçoit les journaux,
A lu ce prospectus, où la plume historique
Du pauvre Gebelin a donné tant d'encens

Aux attributs du baquet magnétique ;
Saisi d'enthousiasme, il est venu céans,
Que veux M. l'abbé ?... L'honneur de vous connoître
Et de vous embrasser.... Il me prit pour le maître ;
Et dans ses vifs élans, je fus si fort baisé,
Que mon visage en resta tabisé :
Un peu plus, le galant m'eût dévoré la face ;
Mais Chariton parut, Chariton prit ma place.
L'abbé lui dit, après mêmes ébats,
Vous êtes charlatan, & je n'en doute pas ;
Il faut bien être quelque chose :
Mais si vous vous prêtez au plan que je propose,
Vous voilà grand seigneur & riche en un moment.
Tout autre se seroit piqué du compliment ;
Mais un rang, mais de l'or : quelles pierres de touche !
Le docteur n'eut dit mot, l'eût-on nommé Cartouche.
Ce qu'ajouta l'abbé, ne peut se concevoir :
Une marquise noble à la seizieme souche,
Qui porte écartelé d'argent, de sable noir,
De sinople, d'azur, le tout tranché de gueules,
N'a qu'une fille unique, où se perd tout l'espoir
Des rejetons de ses aïeules.
Cette fille est souffrante, & sa foible santé
Ternit à chaque instant l'éclat de sa beauté ;
On la dit obstruée.... Une pâleur mortelle,
Des dégoûts pour la vie & pour les aliments,
Tout ce qu'on peut nommer syptômes alarmants,
Accroît le danger, le décele.
Les soupçons vont leur train, & d'indiscrets neveux,
Sur quelques soins rendus, ont eu la complaisance

De blâmer leur cousine & de me croire heureux;
J'ai dévoré l'injure, en gardant le silence;
La vertu n'a point de défense.
Vous êtes arrivé, la marquise l'a su,
Et nous devons vous présenter Sophie.
Si votre aveu me justifie,
Apprenez le projet que pour vous j'ai conçu.
A ces mots, qui sans doute annonçoient du mystere;
Chariton, par la main, a pris le cher abbé,
Et le boudoir me les a dérobé.
On m'a donné depuis un avis, d'où j'infere
Que le mot de l'énigme est pour moi le Pérou.
Presqu'en quittant l'abbé, Chariton m'a dit: Gille,
Sous peu je te mettrai la bride sur le cou.
Tout dans ce monde est versatile;
De nouveaux intérêts me font abandonner
Un secret dont tu vas avoir la survivance;
Exploite en ton nom seul, & quant à la finance,
C'est la moitié que je veux te donner.

JAVOTTE.

La moitié; peste, quel partage!
Je demeure interdite, & ne vois pas pourquoi,
Mon maître en ta faveur....

GILLE.

Je le devine.... moi,
Et suis sûr que sous main s'ourdit un mariage.

JAVOTTE.

Eh quoi, l'abbé, martyr du célibat....

GILLE.

L'abbé, c'est le faiseur.

JAVOTTE.

Et l'épouſeur....

GILLE.

Devine ?

JAVOTTE.

Je crains de prononcer....

GILLE.

Oſe ?

JAVOTTE.

Le ſcélérat !
Et Jacqueline Boufle....

GILLE.

Oh, ma foi, Jacqueline
Reſtera dans ſon trou de rat.

JAVOTTE.

Voilà des procédés qui vont droit à la corde.

GILLE.

Nous ſavons la friſer....

JAVOTTE.

Cet art, je vous l'accorde ;
Mais te faire docteur, ſans ſavoir l'alphabeth ?...

GILLE.

Chariton, le ſait-il ? Un docteur à baquet,
Ne doit rien conſerver de la vieille méthode ;
Plus il eſt ignorant, plus il eſt à la mode.

JAVOTTE.

En ce cas, mon ami, tu dois te ſavoir gré,
Car tu ſeras docteur au ſuprême degré.

GILLE.

Je découvre par fois que tu n'es pas si sotte :
J'entends un équipage.... Eloigne-toi, Javotte ?

JAVOTTE.

Qui pourroit-ce être ?

GILLE.

Oh ! ma foi, je ne sais,
Quelques blazés de cour, ou bien quelques Anglois.
Le train s'arrête.... ils sont là ; fuis, te dis-je,
Tu gâterois l'appareil du prestige. *(Javotte s'en va.)*

(Il prend sa perruque pendue à une feuille du paravent.)

A ma perruque.... il faut représenter :
Mon maître pour ravir, moi pour épouvanter.

SCENE II.

BISTOURI & CHARPIE, chirurgiens ; DIAGREDE, apothicaire, & GILLE.

BISTOURI, *du fond du théatre.*

AU dessus du café.... petite porte verte,
Et l'escalier à vis.... nous y sommes enfin.
Entrons, puisqu'aussi bien l'antichambre est ouverte ;
Nous ne pouvons ici manquer l'homme divin.
Ayons nos papiers prêts ; restons sur son passage :
Peut-être il sera seul, & c'est un avantage.

GILLE, *à part.*

Miſéricorde.... ô ciel!... Qu'entends-je? des huiſſiers...
Serons-nous donc toujours en butte à ces limiers?....
Sers d'abri, cher baquet, à mon auguſte tête.

(Il abouche le baquet & ſe tapit deſſous.)

BISTOURI.

Voici notre pancarte. *(Montrant ſes lettres.)*

CHARPIE, *montrant le ſac d'argent.*

Et voici la requête.
Eh bien, Diagrede entre donc?

DIAGREDE.

Quand je dois, mes amis, haranguer un viſage,
Le trouble me ſaiſit, & je n'ai plus de front;
Cet aſcendant d'état.... ce vilain patrouillage
Me tient à fond de cale, & plus d'eſſor.

BISTOURI.

Courage!
Perdons le ſouvenir de la profeſſion;
Nous venons tous ici faire abjuration.

CHARPIE.

C'eſt ici, compagnons, l'antre de la Sibylle;
Voyez ces matelats.

BISTOURI.

Et voyez ce baquet:
Que de tréſors cachés ſous ce ſimple uſtenſile?
Ah! s'il pouvoit parler, nous aurions le ſecret.

CHARPIE.

Et notre argent reſteroit au gouſſet.
Soulevons la piſcine....

GILLE, *criant dessous le baquet.*

Au meurtre, au sacrilege !

BISTOURI.

O formidable voix !

CHARPIE.

Que le ciel nous protege !

DIAGREDE.

Dieux !... le baquet s'agite.... Ah ! nous sommes perdus.

BISTOURI.

Nous avons profané le temple,
C'est fait de nos individus.

GILLE, *toujours sous le baquet.*

Quoi ! des huissiers trembleurs.... c'est, ma foi, sans exemple. *(Sortant un peu la tête.)*
Calmez-vous, messieurs les sergents ;
Abstraction d'état, je vous crois bonnes gens.
Renvoyez à demain votre rapinerie,
Nous n'en vaudrons que mieux pour l'exploitation.
(Rentrant sous le baquet.)
Bonjour & serviteur à la sergenterie.

BISTOURI.

De graces, rengainez votre suspicion ;...
Quittez la niche évocatoire,
Et sur-tout ne nous prenez plus
Pour officiers de l'écritoire.

CHARPIE.

Nous venons d'Angoulême, afin d'être reçus,
Sous votre bon plaisir, docteurs en magnétisme.

GILLE, *toujours sous le baquet.*

Cela ne prendra pas, & c'est du gasconisme.

DIAGREDE, *secouant le sac près du baquet.*

Entendez-vous sonner trois cents louis en or?
A ce signe éclatant, peut-on penser encor,
Que nous visions au stratagême?

GILLE, *sortant de dessous le baquet.*

Le cas est différent.... Vous êtes d'Angoulême?..,

TOUS ENSEMBLE.

Oui, docteur....

GILLE.

Et l'argent est au sac.

TOUS ENSEMBLE.

Oui, docteur.

GILLE.

Le cas est différent.... Comme j'ai pris le change!
Vos mines me devroient raison de mon erreur;
Mais la mienne à son tour me venge.
Au masque, comme moi, vous payez le tribut.
Du docteur, je ne suis qu'un simple substitut,
Un adjoint, un prévôt de salle :....
Mais j'ai le cœur à fond de cale,
Tant votre abord m'est devenu cruel;
Et voilà, mes amis, ce qui m'est personnel.

(Gille tombe en syncope, & déclame ces trois vers tragiquement.)

Dieux! je vois les fers qu'on me forge;
De griffonnantes mains me tiennent à la gorge
Pour me précipiter dans un obscur cachot!...

DIAGREDE.

Eh vîte, Biſtouri.... ta lancette à grain d'orge ;
Ouvre la veine à monſieur le prévôt....

BISTOURI, *déployant ſon étui de chirurgie.*

Souffrez, monſieur l'adjoint, ſouffrez qu'une palette,
Remette vos eſprits en naturelle aſſiette....

GILLE, *revenant à lui.*

L'ai-je bien entendu ?... Mettre en œuvre ſur moi
Les honteux inſtruments de la vieille pratique ?
Devant un ſectateur, un ſuppôt magnétique,
Déployer des étuis, & propoſer l'emploi
D'une méthode diabolique ?
Ah ! j'en frémis de rage, & j'en tremble d'effroi.
Mépriſable miniſtre, enferme ta ferraille,
Des ſiecles ténébreux, odieuſe antiquaille ;
Mes ſens me ſont rendus, le courroux m'a guéri.

BISTOURI.

Faites grace, Monſieur, au zele, à l'ignorance.
J'avois lu quelque part, je crois dans Emery,
Que la ſaignée....

GILLE.

Au diable ta croyance,
Ton Emery, toi-même & ton caquet....
Tu ne dois plus jurer que par notre baquet.

DIAGREDE.

Votre tranſe paſſée, oubliez-en la cauſe.

GILLE.

Je le veux bien, diſcourons d'autre choſe.
Meſſieurs les aſpirants, avez-vous déjeûné ?

BISTOURI.

Ce ſoin, depuis trois jours, nous l'avons dédaigné ;
Le corps exige peu quand l'ame eſt exaltée ;
L'impétueux déſir dont elle eſt agitée,
Engourdit l'appétit & le tient enchaîné.
Monſieur l'adjoint, montrez-nous votre maître,
Procurez-nous cet indicible honneur,
Plus cher pour nous que celui de repaître.

GILLE.

Sorti dès le matin, en ce moment, peut-être,
Parcourt-il les bureaux de quelque monſeigneur....
Attendez ſon retour ; & pour préliminaire,
N'oubliez pas, c'eſt un avis prudent,
Le pot de vin du ſecrétaire.

DIAGREDE.

A nos trois cents louis, il n'eſt rien d'excédant,
La ſaignée eſt complete, & monſieur le concierge
Y voudra bien être condeſcendant.
Nous trotions & brûlions l'auberge,
Si fort l'éponge étoit à ſec,
Et le prix du ſecret nous a pris par le bec.

GILLE.

Gratis, vous aurez audience.
Remettez-moi le ſac ;... en cette circonſtance,
Ma généroſité prévaudra ſur mes droits :
Paſſez à la cuiſine, & ruez-vous tous trois
Sur un gros jambon de Mayence.
Dans un moment, je vous y rejoindrai,
Et quand il ſera temps, je vous introduirai.

CHARPIE.

CHARPIE.

Des premiers, s'il vous plaît... L'ardeur qui nous domine
Mérite cet égard.

GILLE, *les pousse hors du théatre.*

Passez à la cuisine.

(Seul.)

Les fraters d'Angoulême ont tout évacué,
Et leurs trois cents louis les ont exténué :
Tout est pour le docteur.... rien pour le secrétaire ;
De pareils procédés ne font pas mon affaire.

(Il délie le sac & en tire plusieurs pieces.)

Ouverture de roi.... J'ai ma part au gateau.
Seroit-ce un mot en l'air que l'assurance expresse
De la moitié du gain.... Remplissons la promesse.
Pour le trompette.... & pour les porteurs d'eau ;
Pour les convulsés à louage ;
Pour mes courses à pied.... pour solde d'ancien gage....
Pour mes frais de perruque.... enfin pour le baquet
Et ses ingrédiens (1).... Quant à ce seul objet

---

(1) Les anti-magnétiseurs eux-mêmes pourront me blâmer d'avoir manqué la vraisemblance du baquet, dans lequel il est reconnu qu'il n'entre aucune mixtion, & trouveront que le magnétisme étoit assez riche en ridicules, sans recourir à des fictions ; mais dans un systême fondé sur l'imposture, le poëte n'a-t-il pas le droit d'y donner quelque extension, pour rendre ses images plus vigoureuses ? Il ne passe pas les bornes de la licence, quand ce n'est pas pour faire grace au fond, qu'il emploie des accessoires agréables. Qu'eût été sur la scene une cuve d'eau sans mélange ? Un acteur froid, & un embarras de plus.

Je devrois renverser le reste :
Mais c'est assez désopiler....
Trop de précision pourroit me décéler ;
En se rendant justice, il faut être modeste.
Un peu plus, un peu moins, tout s'écrême ici-bas ;
(Il relie le sac & le met sur le bureau.)
Et rien n'en va plus mal quand il n'y paroît pas.
(On entend derriere, la cantonade.)
Place à madame la marquise.

GILLE.

C'est la voix doctorale.... affectons la franchise ;
L'innocente candeur & la simplicité :...
L'affreux soupçon naquit d'un front déconcerté.

SCENE III.

CHARITON, donnant la main à SOPHIE ; LA MARQUISE ; L'ABBÉ DES ESSENCES ; deux houssards de Chariton ; deux domestiques de la marquise vêtus en sacripans ; ORLÉANS, negre de Chariton, & GILLE.

CHARITON.

Ce peuple Parisien est indéfinissable ;
Sa manie est de voir & de vous étouffer :
Pour être trop visible, on est inabordable... :
A ce prix, je suis peu jaloux d'en triompher.
(Il fait asseoir la marquise.) (A Sophie.)
Des sieges, Orléans. O fille intéressante,

Suſpendez de vos nerfs la vibratilité (1)!
Je vais, ſur vous, du ciel évoquer la ſanté,
Votre calme en ſera la cauſe diſpoſante,
Sur le ſofa, ſans cérémonial... *(Il la fait aſſeoir.)*
(Aux houſſards.)
Gardez la porte, & de la réſiſtance....
Vous n'ouvrirez qu'au bout de la ſéance.
Je conſigne ſur-tout le corps médicinal.
Que les gens de madame aillent au périſtile...
Sors, Orléans, & toi, laiſſe-nous, Gille.

GILLE, *bas à Chariton.*

Ayez l'œil ſur le ſac.... trois cents louis, docteur....

CHARITON, *bas à Gille.*

(Gille ſort.)

J'en vais gagner vingt mille, & je ſuis en faveur.
(Haut.)
J'ignore peu l'état de l'aimable Sophie;...
Ce que le cher abbé m'en a dit fortifie
Les ſecours de mon art, indicateur des maux.
La coction d'humeurs qu'elle a dans les boyaux
En altere le mécaniſme.
Ne cherchez pas, parmi vos médecins,
Un autre avis;.. ce n'eſt qu'au magnétiſme
A pénétrer les inteſtins.
Vous avez très-bien fait de fuir les conjectures
De ces élégants impoſteurs;
Le mal eût empiré ſous le joug des erreurs:
La nature, à moi ſeul, a départi ces cures.

(1) Terme uſité dans la doctrine du magnétiſme animal.

Combien s'étonnera la ſotte faculté !
Je vais reſtituer une fille à ſa mere ;
Son plus bel ornement à la ſociété ;
Les graces à l'amour, & l'amour à Cythere.

LA MARQUISE.

Docteur, vous faites naître en moi de tels tranſports,
Que pour ſuffire à ma reconnoiſſance,
Ma fille deviendroit le prix de vos efforts.
A cet égard, le cher abbé, d'avance
M'a préſenté de doux preſſentiments :
Mais comment me flatter....

L'ABBÉ DES ESSENCES.

Je vous l'ai dit, Madame,
La vertu de tous les aimans,
Les effets merveilleux que l'hiſtoire proclame,
Des faſcinations & des enchantements,
Au pouvoir du docteur n'ont rien de comparable.
En combinant le génie avec l'art,
Il déſopileroit, & réduiroit en ſable,
Les montagnes de Gibraltar.
Quant à la récompenſe inſigne,
Que votre cœur ſemble annoncer,
On attendra d'en être digne,
Et Sophie, en ce cas, voudra bien prononcer.

SOPHIE, *d'un ton très-affecté.*

Eh ! laiſſez-la mourir, c'eſt ſa ſeule réponſe ;
Dans l'état où je ſuis, qui voudroit de ma foi ?
Que le bonheur vous ſuive, il n'eſt plus fait pour moi.

LA MARQUISE, *d'un ton affectueux.*

Ce n'eſt pas à ton âge, hélas! qu'on y renonce ;...
Et m'aimer, mon enfant, n'en ſeroit-il plus un ?

SOPHIE, *avec véhémence.*

N'achevez pas, Madame, il n'eſt rien de commun,
Rien à comparer, rien d'égal,
Entre mon reſpect filial
Et le bonheur qu'on me propoſe....
Avant que cette main, de ſoi-même diſpoſe,
Elle aura dans mon ſang éteint le ſentiment.

LA MARQUISE.

Vous l'entendez, Meſſieurs....

CHARITON.

Je ne veux qu'un moment
D'imagination oiſive,
Pour ramollir l'ataxie (1) rétive
De ſes nerfs agacés par l'excès du chagrin.
Ne vous oppoſez pas, trop ſenſible Sophie,
Aux ſalutaires ſoins dont je me glorifie.
J'ai vu le déſeſpoir, du bonheur ſi voiſin ;
J'ai vu tous les plaiſirs ſi près de l'amertume,
Qu'en ſecondant mes efforts, je préſume
Que vous allez aimer la vie, & me livrer
Le précieux eſpoir de vous idolâtrer.

SOPHIE.

Je reſſens vos bontés, mon cœur les apprécie,
Mais ne me jugez pas ſur la ſuperficie.

(1) Trouble, confuſion.

Le cœur, à nous tromper eſt bien ingénieux :
Mes graces, mes attraits, ne ſont que dans vos yeux.
Trop généreux docteur, je ne m'attendois guere
(En jetant un regard furieux ſur l'abbé.)
A rougir devant vous.... Sortons, ma tendre mere !
Mon cœur s'échappe, & de nerveux friſſons
Répandent ſur mes ſens leurs ſiniſtres glaçons.
Il ne m'eſt plus permis de me faire comprendre ;
Parlez pour moi, Madame, & priez le docteur
De venir à l'hôtel....

CHARITON.

J'aurai ſoin de m'y rendre,
Vous en avez ma parole d'honneur.

LA MARQUISE.

Je la reçois, nous ſerons tous plus libres ;
Mais ſoyez moins galant, ou donnez-lui des fibres
D'un ton à ſupporter le joug de la pudeur.
Eh bien, abbé, votre main.... L'on nous chaſſe....

L'ABBÉ DES ESSENCES.

Et marquiſe, en ce cas, c'eſt moi qui vous remplace ;
Diſpenſez-moi de vous accompagner....
Vous comprenez.... aſſeoir nos eſpérances....
(Pendant ces vers Chariton fait une ſcene muette très-vive avec Sophie.)

(A part & myſtérieuſement.)
L'occaſion eſt belle.... il la faut empoigner ;
Il en tient preſque.

LA MARQUISE.

Adieu, cher des Eſſences....
Doɛteur, ramenez-moi l'abbé pour le dîner....

CHARITON, *ſaluant les dames qui s'en vont.*

C'eſt un ordre où je vois un millier d'importances.
Eh bien, mon pauvre abbé.... te voilà ſtupéfait...;
Atterré, confondu.... De quel œil on t'accueille !
Je ne reconnois pas Sophie à ton portrait :
Si ce ſont là les lauriers que l'on cueille
En ſervant ſes appas....

L'ABBÉ DES ESSENCES.

Quoi, tu n'es pas au fait
D'une rigueur néceſſaire à ta gloire :
Ces regards foudroyants, qui ſont tombés ſur moi,
Sont l'augure de ta viɛtoire.
Il faut une rupture.... on la fait devant toi ;
Que veux-tu donc de plus ? c'eſt une échappatoire
A grande intrigue, & qui ſent peu l'effroi
Que la petite affeɛte, & qui n'eſt qu'illuſoire.

CHARITON.

Quoi ! ſes tranſes ?....

L'ABBÉ DES ESSENCES.

Manege.

CHARITON.

Et ſa douleur ?....

L'ABBÉ DES ESSENCES.

Un jeu.

CHARITON.

Je m'y ſuis laiſſé prendre, & je t'en fais l'aveu.
Et qui croit-on tromper ?

L'ABBÉ DES ESSENCES.

La mere.

CHARITON.

A la bonne heure...
Car ſi c'étoit mon art.... je ſuis bien, j'y demeure.
Tu dis que la petite a vingt mille louis....
Dieu, quel palliatif !

L'ABBÉ DES ESSENCES.

Mais quitter ta magie,
Renoncer au baquet.... je crois, même à Paris.

CHARITON.

Oh ! je vivrois au diable, & plus d'aſtrologie :
Mon avenir certain, quel ſeroit mon ſouci
Sur ce que deviendra l'univers ?...

GILLE, *accourant & diſparoiſſant auſſitôt.*

Me voici,
Et ſur mes pas l'énorme perſonnage
Aux griffes d'or, Fouillon, l'antropophage.

CHARITON, *à l'abbé.*

Ah, mon prêteur ! ... c'eſt un chef de traitants,
Adepte & protecteur.... Gille, les deux battants.
Il met un peu de morgue à ſes hautes largeſſes ;
Mais, je ſuis endurant.

L'ABBÉ DES ESSENCES, *montrant le ſac qui eſt ſur le bureau.*

Sont-ce de ſes eſpeces ?

CHARITON.

Non : quant à celles-ci .... je ne ſais pas encor
D'où je les tiens...., Trois cents louis en or ;
C'eſt le ſeul averti que m'en ait donné Gille,

L'ABBÉ DES ESSENCES.

Si la ſomme, un moment, pouvoit t'être inutile,
J'en ai l'emploi, ce ſeroit m'obliger.

CHARITON.

Ah ! mon ami ; non pas trois cents, mais mille.
Sur ſemblables bibus, prend le droit d'exiger....
Deſcendre à la priere, abbé, c'eſt déroger.
Voici notre veau d'or, au vaſte diametre.

SCENE IV.

Les précédents, & FOUILLON appuyé ſur les épaules de SALIGNAC & TABAGNAC, ſes laquais.

FOUILLON.

Aux Boulevards !... au deſſus d'un café !
Ah docteur ! c'eſt ſe compromettre,
Et m'expoſer.... Je ſuis preſque étouffé
Du froſſement de la ſotte racaille
Qu'on voit inveſtir votre hôtel :
Femmes, bourgeois, laquais, & juſqu'à la penaille
En bouchent l'avenue ;... & l'ardent mont Gibel
Eſt moins impénétrable, eſt moins chaud, moins cruel
Que ce rempart de la vile peautraille.
Je m'aſſeois... Ouf !... Abbé, je vous vois donc par-tout ?

L'ABBÉ DES ESSENCES.

C'eſt que je cours ſans ceſſe, & qu'en courant, ſur-tout,
Je n'ai point d'intérêt à me rendre inviſible.

FOUILLON.

Eh bien, guérirons-nous ?... Un mot... *(à part.)* Eſt-il poſſible,
Que receviez chez vous un tel olibrius,
Bourguemeſtre de la Courtille,
Poſtiche abbé, bâtard du dieu Comus (1),
Et vétéran de la Baſtille ?

L'ABBÉ DES ESSENCES.

Je prends congé, docteur.... A ce ſoir, au baquet;
(Bas à Chariton.)
C'eſt-à-dire, chez la petite.
(Il prend le ſac & l'emporte.)

FOUILLON, *vivement.*

Il vous vole, docteur....

L'ABBÉ DES ESSENCES, *en s'en allant.*

Fouillon, je vous invite
A n'avoir pas le regard ſi furet.

CHARITON.

Il emprunte, Monſieur.

FOUILLON.

C'eſt égal, il te vole,
Et ſon prétexte eſt, je ſuis ſûr, frivole.

---

(1) On ſait que ce dieu aimoit la volupté, & préſidoit, comme les abbés du bon ton, aux toilettes des femmes.

Je le connois ce fripon travesti :
Il t'a promis de te faire un parti,
De te prôner, de te rendre service ;
Que sais-je de quel artifice
Il se sera couvert pour t'écumer ?
Point de pareils amis ; tu dois les supprimer,
Pour cette fois, je te fais grace ;
Tu vas de la prudence acheter le brevet ;
Mais il reviendroit à la passe,
Et finiroit par manger ton baquet.
Palpe-moi, Chariton, & d'une main légere,
Parcours arteres, nerfs, veines & mésentere.
(Il s'étend sur le sofa, & présente le ventre à Chariton.)

CHARITON *le palpe.*

Un teint forcé, des yeux brillants,
Des boyaux gonflés & saillants ;
Ces symptômes, Monsieur, ont besoin d'indulgence ;
Vous avez à souper passé mon ordonnance....

FOUILLON.

Que veux-tu, mon ami .... l'on sort de l'opéra,
J'ai des femmes chez moi, c'est à qui mangera.

CHARITON.

Mais, ma crême de tartre (1) ?

FOUILLON.

Eh, j'en prends une dragme,
Très-réglément, matin & soir.

---

(1) Le seul remede interne admis dans la doctrine du magnétisme animal.

CHARITON.

Cependant les piliers de votre diaphragme (1),
Et de Pecquet le réſervoir (2),
Sont tendus juſqu'à la rupture ;
Signes diagnoſtics (3) de très-fâcheux augure.

FOUILLON.

Eh, morbleu ! guéris-moi, ſans tant m'épouvanter.
N'as-tu plus le moyen de faire graviter (4)
Sur les gros inteſtins, & par des garde-robe,
Les corps ſolides d'un ſouper,
Pour dégager, comme tu dis, les lobes (5) ?

CHARITON.

Mon art ſe fait un jeu de vous déconſtiper ;
Ce n'eſt pas ce qui m'embarraſſe. . . .
A la crême de tartre oiſive, inefficace,
J'ai le ſupplément prêt ; la baguette & ma main ;
Voici mon procédé, l'effet en eſt certain.

---

(1) Membrane qui forme une cloiſon entre les parties vitales & les naturelles ; c'eſt le grand aboutiſſant des magnétiſeurs.

(2) Réſervoir du chyle, découvert par Jean Pecquet, de la faculté de Montpellier.

(3) On appelle ſignes diagnoſtics, ceux qui indiquent les cauſes des maladies.

(4) Par alluſion à l'attraction, le grand myſtere de la nature, d'autant plus cher aux magnétiſeurs, qu'il eſt incompréhenſible, & qu'ils ne ſe ſauvent qu'à l'aide des obſcurités dont ils ont tant beſoin de s'envelopper.

(5) Fibres du foie & du poumon, & qui mettent en jeu ces deux viſceres.

Laissant le diaphragme & sa cloison veineuse,
J'observe & suis la ligne tendineuse;
Je monte à l'estomac, comprime son plexus,
J'y fixe mes agents, & provoque un reflus (1),
Lequel reflus, par la perpendicule (2),
Submerge alors le ventricule (3),
Et détruisant l'intensité,
Vous fait aller, Monsieur, en pleine liberté.

FOUILLON.

Beau dilemme! pourvu que la preuve le suive,
Par un chef-d'œuvre en moi de vertu laxative.
Allons... opere-moi... Mais, que veut ton goujat?

GILLE, *accourant.*

Quand ouvrez-vous séance au doctorat?
Trois gredins de province, affamés, hors d'haleine,
Des bords de la Charante, accourus ce matin,
Enragent de vous voir.... Je les contiens à peine,
Et pour les adoucir, je les gorge de vin....
Docteur, les fais-je entrer?

CHARITON.

Eh! qu'ils boivent encore.

---

(1) De substance magnétique, c'est-à-dire, de ce fluide imaginé & inexistant.

(2) C'est en général une ligne qui tend de haut en bas.

(3) Récipient & dégorgeoir des aliments; c'est proprement la poche de l'estomac, ou l'estomac lui-même.

FOUILLON.

Donne-leur audience .... ils vont parloriser (1),
Me faire rire & m'amuser,
Jusqu'à dissoudre mon pléthore (2).

(Gille s'en va.)

J'aime ton Gille .... il est un peu pécore ;
Mais sa main, sur ma foi, fait grace à son esprit !
Comme il vous électrise ! & quelles touches fieres !
Quand tu n'en voudras plus, pour lui faire un crédit,
Dispose en sa faveur d'une place aux barrieres.

SCENE V.

Les précédents, BISTOURI, CHARPIE, DIAGREDE, GILLE.

GILLE, *du fond du théatre.*

QUE diable, accordez-vous, & soyez moins scabreux !
Dans le fond, c'est une vétille.

BISTOURI, *avec feu.*

Une vétille !.... enlever sous mes yeux
Mon appareil !.... Savez-vous que je brille

(1) Parloriser, c'est discourir à tort & à travers, sans réflexion & sans esprit.

(2) Réplétion d'humeurs.... pris à l'égard de Fouillon pour indigestion.

Dans les effets du cérat glutinant (1),
Que j'avois mis ſur cette fille ?
Il me vaut un brevet de premier lieutenant.

CHARPIE.

Eh ! malgré ton brevet, je t'offre la gageûre,
Qu'une feuille de blette eſt pour une angelure,
Plus propre à la cicatriſer.
Javotte a bien beſoin, pour un mal ſi modique,
De ton panſement méthodique !
Diagrede qui vient de la clyſtériſer,
Peut décider du cas....

DIAGREDE.

Mes amis, je me pique
D'être diſcret... *inter duos litigantes*,
Tertius canulat exprès,
Pour reſter neutre & pacifique :
Chacun a ſon métier.

GILLE.

On n'en doit plus avoir,
Dès qu'on ſe voue au magnétiſme.
Devant lui croulera votre petit ſavoir ;
Lui ſeul eſt un ſecret, le reſte badaudiſme,
Atrocité, vieille erreur, fol eſpoir.
Reſpect & gravité.... voici le vénérable !
Prenez, s'il eſt poſſible, un maintien convenable....
La tête inclinée, & très-bas.

(Il leur courbe le cou.)

---

(1) Médicament externe, composé d'huile, de cire, graiſſe, gomme, &c.

DIAGREDE.

Monſieur l'introducteur, vous ne nous dites pas
S'il faut ſe proſterner devant ſon excellence....

GILLE.

Ni devant, ni derriere.... Avancez en ſilence.
Encor deux pas.... Alte là.... Saluez....
Qu'un de vous faſſe la harangue.

CHARITON.

Dites-moi, bonnes gens... êtes-vous gradués ?

GILLE.

Ils ne répondront pas.... A ce mot, plus de langue.

CHARPIE.

Prélude, Biſtouri.... N'es-tu pas de quartier ?

BISTOURI.

Et toi, Charpie, & toi, mon devancier;...
Toi, l'orateur & l'aigle de l'école.

CHARPIE, *à Chariton.*

Diſpenſez-moi de prendre la parole.
Pour parler dignement de tous vos attributs,
Je ſens que mon eſprit n'eſt pas aſſez diffus,
Point aſſez enrichi;... cet honneur, je le cede,
Si vous le permettez, au ſavant Diagrede.

DIAGREDE.

Je vais, puiſqu'il le faut, figurant d'almanachs (1),
Pour la gloire du corps, vous tirer d'embarras.

---

(1) On connoît les almanachs de chirurgie, où les chirurgiens ont grand ſoin de faire inſcrire leur nom & leur domicile.

O docteur par antonomase (1) !
O nouveau Prométhée ! ô le rival des dieux !
Mais qui ne craint, en son essor heureux,
Ni Mercure, ni le Caucase (2).
O cent fois plus sorcier que la fille Manto (3) !
O cent fois plus savant que le grand Albert ! ô !...
(Il s'arrête & se frotte le front.)

FOUILLON.

Voilà des ô d'irruption superbe,
Qui suspendant l'esprit, embellissent le verbe.

CHARPIE.

Mouche-toi, Diagrede, & t'essuie le front :
C'est, quand on reste court, une excuse commode.

DIAGREDE, *à Gille.*

Faites taire, de grace, un sot qui m'interrompt
Au milieu de ma période.
Sans le respect. *(Il menace Charpie du poing.)*

CHARITON.

Calmez-vous, orateur ?

FOUILLON.

Et poursuivez.

---

(1) Figure de rhétorique. En ce cas, le terme équipollent est (par excellence.)

(2) Jupiter, pour se venger de la témérité de Prométhée, qui avoit dérobé au ciel le feu sacré qui anime les hommes, le fit attacher par Mercure sur le mont Caucase, où un aigle lui dévoroit le foie.... Allusion au fluide éthéré des harmonistes.

(3) Fille de Tiresias le Thébain, célebre devineresse.

DIAGREDE, *avec beaucoup d'emphase.*

Qu'il me seroit flatteur,
Si je pouvois citer, sans crainte de redite,
Tout ce que les journaux ont publié de vous:
Quel éloge éclatant!

CHARPIE.

Eh bien! qu'ont-ils dit? cite?

DIAGREDE, *à Charpie.*

Pointilleux éternel, évite mon courroux?
(A Chariton.)
Vos esprits animaux, comme une cucurbite,
Accumulant en eux tous les secrets connus,
Par macération, sont enfin parvenus
A les réduire en consistance;
Et votre tête alors, telle qu'un chapiteau,
Distillant, goutte à goutte, une subtile essence,
A volatilisé, de son ardent fourneau,
L'esprit recteur (1) de l'occulte science.
Je le vois, cet esprit, vaguant par l'univers,
Remede universel à mille maux divers,
Ainsi que la santé, promener votre gloire,
Et vous promettre un trône au temple de mémoire.

FOUILLON.

Je n'attendois pas moins de l'exorde pompeux
Du louangeur aux ô:... quel pinceau vigoureux!

---

(1) Substance aérée & subtile, dite *fluide universel*, la clef de tous les phénomenes absurdes des magnétiseurs.

Il n'eſt point à Paris de petite-maîtreſſe
Qui raiſonne chimie (1) avec tant de fineſſe.
De cette langue auſſi, le docteur eſt au fait....
Je le préſume.... un cabaliſte (2)!

CHARITON.

Je l'ai, monſieur Fouillon, ſucée avec le lait,
Et je peux me vanter d'être même alchimiſte!
(A part.)
Cet homme-ci pourroit bien m'expoſer....
(A Diagrede.)
J'ai trop pris de plaiſir, Monſieur, à vous entendre;
Vous flattez vos portraits, je dois vous récuſer.
Je ne ſais quoi de ſublime & de tendre
Se mêle en vos diſcours, & le cœur eſt ſi vif,
A préférer le tendre à l'imaginatif!...
Pour venir droit au but.... voudriez-vous bien me dire
En quoi je vous ſuis bon?...

DIAGREDE.

Nous venons nous inſtruire
Dans le magnétiſme animal.

CHARITON.

Vous a-t-on dit quel eſt le cérémonial?
C'eſt un point de rigueur.... Des faiſceaux de lumiere

---

(1) C'eſt un jargon nouveau & ſuperficiel, introduit dans la toute belle ſociété: une femme du bon ton, doit être hériſſée aujourd'hui des termes barbares de la chimie.

(2) C'eſt celui qui exerce une doctrine ſecrete, & dont l'origine eſt inconnue.

Vont rejaillir ſur vous dès qu'aurez ſatisfait
A la condition premiere.
Trois cents louis....

DIAGREDE.

Au ſaut de ſon baquet,
Nous les avons remis à votre ſecondaire :
Pourroit-il bien ſoutenir le contraire ?

GILLE.

Je n'ai garde, & je ſuis, Meſſieurs, trop délicat.

CHARITON, *à Fouillon.*

Ah ! j'y ſuis ; c'eſt l'argent que notre homme à rabat
(Aux adeptes.)
Vient de m'eſcamoter.... En vérité, j'ai honte
De vous redemander, ce dont je vous tiens compte,
Oui, j'ai reçu le prix de cet eſprit recteur,
Que vient de définir le célebre orateur.

DIAGREDE.

Il ne vous reſte plus qu'à faire la lecture
Des bons certificats de nos communautés ; ...
Par eux vous jugerez de nos capacités.

BISTOURI, *remettant les lettres.*

Ce ſont, docteur, nos lettres de voiture.

CHARITON, *mettant les lettres dans ſa poche.*

On ne ſauroit, ma foi, montrer plus de talents.
Aſſeyez-vous, meſſieurs les poſtulants ?

FOUILLON, *à Chariton.*

Mais vous n'avez pas lu ?

CHARITON, *à part.*

(Bas à Fouillon.) Que le diable t'emporte!
Qu'allez-vous révéler? ... Sais-je lire?

FOUILLON, *bas à Chariton.*

N'importe :
On fait semblant.... um, um.... On lit de l'estomac....

CHARITON.

La seule étiquette du sac,
Quand on voit ces messieurs, fait que l'on s'en rapporte,
Et leurs certificats sont titres superflus.

CHARPIE.

Vous nous flattez beaucoup.

FOUILLON.

C'est ce que j'allois dire.
Mes enfants.... qui de vous fait lire?

DIAGREDE.

De ce doute, Monsieur, vous nous voyez confus.
Depuis que nous avons une école royale,
Ce compliment ne se fait plus.

FOUILLON, *se faisant remettre les lettres.*

Donnez, docteur, il faut qu'on nous régale.
Nous allons voir encor le majestueux ô,
Et la touche mythologique.
Débitez-nous cela *currente calamo*?

DIAGREDE *lit.*

» Au célebre inventeur du baquet magnétique.
» Monsieur, pour propager, autant qu'il est en moi,

» La secte illustre d'un systême,
» Qui, sans les grands yeux de la foi,
» Seroit un éternel problême
» Pour Paris & pour Angoulême ;
» Je prends la liberté de vous recommander
» Notre confrere Eustache Diagrede (1),
» Et je crois ne rien hasarder,
» En vous assurant qu'il possede
» De rares dispositions,
» Pour donner cours aux innovations.
» Quoiqu'il ait la tête un peu verte,
» Il est très-bon chimiste, & mainte découverte,
» Maint secret important qu'il vous fera valoir,
» Sans mon aveu, le feroient recevoir
» Membre du corps de l'harmonie.
» Signé Vizu, syndic de notre compagnie.

CHARITON.

Dites-moi, maître Eustache... & quels sont ces secrets ?

DIAGREDE.

Notre syndic a tort.... les merveilleux effets
De votre divine influence
Ne peuvent supporter aucune concurrence.

---

(1) Quelques amis ont cru reconnoître dans mon Eustache Diagrede, un pharmacien d'une principale ville de province, qu'on a vu accourir à Paris, acheter un brevet de magnétiseur, & dresser dans sa patrie un baquet sur les ruines de son mortier. Il a paru dépeint, sur-tout dans sa fureur, pour les découvertes, & diverses inventions qui lui sont personnelles. Je déclare que ce personnage sort de mon imagination, & que les applications sont libres.

CHARITON.

N'importe, articulez....

DIAGREDE.

Docteur, je me soumets,
Mais sans y mettre d'importance.
Une seringue à sons organisés,
Pédales en trompette, & cylindre à cordage,
Récréant le malade alors qu'il se soulage,
Et jouant plusieurs airs très-caractérisés.
Une poudre résolutive
Pour endormir les souris & mulots.
Une huile combinée avec celle d'olive,
Dite exaltée, à fondre les sur-os (1),
Et toute autre tumeur sur la gent chevaline.
Contre la rage, une autre huile anodyne.
Un onguent réfrigératif
Pour la brûlure, & cicatrisatif.
Plus un mixte de miel & de poumons d'autruches,
Triomphant des vapeurs, quintes & coqueluches.
Pour extirper les cors, j'ai différents moyens,
Et de plus, c'est à moi qu'on doit l'électuaire (2),
Pour ce qu'on a nommé maladie des chiens.

CHARITON.

Quel est donc votre état?...

---

(1) Tumeur qui croît sur l'os du canon de la jambe du cheval.

(2) Médicament dont le sucre & le miel sont ordinairement la base.

DIAGREDE.

Je ſuis apothicaire.

CHARITON.

Ajoutez, un être eſſentiel.
Mais comment, maître Euſtache... on n'a rien vu de tel.
Et vous étiez trop humble & trop honnête,
De vouloir me cacher vos titres glorieux;
Vous vous mêlez auſſi du ſyſtême nerveux!
Vous ſerez zélateur.... j'en réponds ſur ma tête (1).

BISTOURI.

Le gage eſt précieux.... Et nous, dont le ſavoir
Le céderoit à peine à tout notre college,
De vos bontés, docteur, ſur quoi fonder l'eſpoir?

CHARITON.

Sur celle du prévôt.... Meſſieurs, je vous protege.

GILLE.

Ma tête, juſte ciel! en proie aux diſſéqueurs!

FOUILLON.

Cependant liſez-nous vos chartres de rhéteurs.

BISTOURI *lit.*

» Au célebre docteur en ſéméologie (2),
» Neurologie (3) & théurgie (4):

---

(1) Serment uſité parmi les charlatans.

(2) Partie de la médecine, qui traite des ſignes & ſymptômes. (Éléments du magnétiſme.)

(3) Partie de l'anatomie, qui traite des nerfs. (Aliment du magnétiſme.)

(4) Magie, faſcinations, enchantements, ſupercherie. (Fondement du magnétiſme.)

» Nous soussignés, démonstrateurs royaux
» Et professeurs de chirurgie,
» Tous immatriculés, gradués & vocaux,
» En suffisante & nombreuse assemblée,
» Ayant lu mûrement, & chacun à son tour,
» Certaine feuille, intitulée :
» Le nouveau paracelse, ou la mode du jour,
» Critique pitoyable, absurde autant qu'amere,
» Et pour la bien juger, rapsodie éphémere :
» Libres d'opinions, cherchant la vérité,
» Prenant pour guide enfin l'impartialité,
» En dépit de l'auteur & de son sot ouvrage,
» Nous avons résolu, mais sans rien prononcer,
» De députer vers vous, pour nous pouvoir placer
» Au centre de lumiere & rendre un témoignage.
» Le doute en découverte est le parti du sage.
» Dans cette anxiété, prenant pour sûr abri
» La tératoscopie (1),
» Nous vous acheminons Boniface Charpie,
» Et son confrere Inigo Bistouri.
» Veuillez bien déployer devant ces commissaires
» Tous les pour & tous les contraires
» Dont votre grand secret semble s'envelopper.
» Ouvrir la main, en laisser échapper
» La vérité qu'y retenez captive,
» C'est rendre à l'univers sa gloire primitive.
» Démontrez-leur enfin, par des faits merveilleux,
» Cette constante & céleste influence

(1) Science qui examine la validité des prodiges.

» De tous les corps liés entr'eux,
» Par des chaînons secrets de cohérence (1);
» Et renvoyez les-nous imprégnés d'évidence.
» Au surplus, vous aurez affaire à gens d'esprit,
» Fléau des médecins & de leur faux crédit,
» Titre qui près de vous sans doute recommande.
» Personne ne sait mieux faire la contrebande.

FOUILLON, *en fureur.*

La contrebande!... Et qu'est-on donc ici?
Ah! messieurs d'Angoulême, avez-vous bien pu croire
Que l'on vous passeroit ce petit accessoire?
Gille, fouille-les-moi.... tiens, l'orateur aussi;
Le délit perce.... une carotte.

GILLE, *gravement.*

Eh quoi, ma dignité compromise à ce point!
Me proposer de haper le pourpoint
D'un délinquant de la maltote....
Transformer en commis, un respectable adjoint....
Un conducteur de matiere éthérée....
D'un aussi vil emploi, chargez votre livrée?

BISTOURI.

Et monsieur n'est donc pas du corps des médecins?

FOUILLON, *ne se possédant plus.*

Médecin.... ah, maraut! je me ferai connoître....
Salignac, Tabagnac; à moi, mes argousins....
Fouillez jusqu'à la peau, main forte à votre maître!

---

(1) Cela s'entend de l'union & de la convenance intime & mutuelle de toutes les parties du grand tout. Cette universelle harmonie est le grand cheval de bataille des mani-magnétistes.

SALIGNAC & TABAGNAC, *ſecouant Diagrede.*

Lâchez.... lâcherez-vous, petit contrebandier!

FOUILLON.

Ferme ſur la carotte....

TABAGNAC.

Eh, c'eſt une ſeringue!

DIAGREDE.

Ferme ſur la carotte.... Une autrefois diſtingue
Un chimiſte d'un eſtafier.

FOUILLON.

Aux autres, brigadiers....

BISTOURI, *à Salignac.*

Je t'attends de pied ferme.

(Il lui applique ſur la joue un large emplâtre qu'il a ſorti de ſa poche.)

Confiſque cet emplâtre au profit de la ferme,
Et verbaliſe?...

SALIGNAC.

Au meurtre, on m'a bleſſé....

GILLE, *éclatant de rire.*

En tout cas, mon ami, te voilà tout panſé.

CHARPIE, *ſe mettant en garde avec une ſpatule.*

N'avancez pas, ou d'un coup de ſpatule....

FOUILLON.

A la rébellion, joindre le ridicule!
Ah! c'eſt une infamie, & vous ne devriez pas,
Docteur, ſouffrir chez vous un pareil altercas?

CHARITON.

Ne l'imputez, Monſieur, qu'à votre pétulance ;
Sans vous, tout ſe paſſoit en bonne intelligence.

BISTOURI.

Ce mot de contrebande eſt inſignifiant
Quant au domaine, aux droits de la couronne ;
En ſon vrai ſens, c'eſt un expédient,
Un mécaniſme adroit, qu'un chirurgien ſe donne
Pour faire les deux mains, tromper la faculté,
Et qu'on devroit nommer, ſecret de l'unité.

FOUILLON.

Sortons, laquais.... je vois que l'on me joue.

SALIGNAC, *détachant ſon emplâtre.*

Morbleu, j'ai peine à dégluer ma joue.

FOUILLON, *tirant ſa montre.*

C'eſt l'heure de l'hôtel, j'y vais.... Bonjour, docteur,
Juſqu'au baquet.... . . . .

CHARITON.

Ah ! je vous en conjure....
Y devant être un principal acteur,
(Fouillon & ſes gens s'en vont.)
Vous auriez mauvais air d'en manquer l'ouverture.
Cette ſcene a toujours pour petit agrément
De réprimer la morgue inſoutenable
D'un animal indécrottable,
Bouffi d'écus, d'orgueil, d'entêtement.
Que ces hommes d'argent ont d'odieux caprices !
Malheur à qui le ſort donne de tels patrons....

Il vaut mieux renoncer à tous les chaperons,
Que plier ſous le joug de leurs mains protectrices.
Il eſt parti, je dois n'y plus ſonger.
Vous voudriez recevoir vos grades ;
Rien n'eſt plus juſte, & je vais abréger
Une viſite à deux malades,
Pour n'être plus qu'à vous, meſſieurs, & vous plonger
Dans un océan de lumieres.
Acceptez mon cocher, ſans cérémonial ;
C'eſt l'heure du palais royal.
Vous y verrez les nymphes tripotieres,
Saltimbanques (1) de l'opéra,
Un peuple de femmes galantes,
Dont la beauté vous ravira ;
Les unes en chemiſe (2) & d'autres en bouffantes,
Vingt en Agnès (3) & quarante en Bacchantes.
C'eſt à qui ſe chamarrera ;
Des abbés en plumets, des commis en miniſtres,
Un marquis en chenille, un duc en caleçons (4),
Des prélats heurtés par des cuiſtres,
Des princes par des poliſſons.
Qui n'a vu ce cahos, ce bizarre mélange,

---

(1) Les danſeuſes de l'opéra.

(2) On nomme chemiſes, des robes de matin, unies & ſans plis, que les petites-maîtreſſes préferent aux robes drapées, parce qu'elles ſuivent mieux le nu.

(3) Agnès, (ſimples & ſans ornements.) Bacchantes, (c'eſt-à-dire, chamarrées d'ornements.)

(4) Eſpece de culotte très-diſſimulée & indécente, que les élégants portent en négligé.

Cette confuſion étrange,
Ne peut pas ſe vanter de connoître Paris ;
C'eſt un tableau d'un brillant coloris.

DIAGREDE.

Nous l'irons voir, docteur, ayez réminiſcence,
Que nous brûlons d'impatience.

CHARITON.

Je ne l'ai pas, mes amis, oublié ;
Chacun de vous ſera licencié.
Vous trouverez mon carroſſe à la porte,
Jettez-vous-y.

BISTOURI.

Mais vous, docteur?

CHARITON.

Qu'importe ?
Quand on n'a que deux pas, on les fait bien à pié.

SCENE VI.

CHARITON, GILLE.

CHARITON.

JE les envois, pour ne ſonger qu'à Gille.
Ton zele, mon ami, ne ſera pas ſtérile ;
Je vais récompenſer ton long attachement,
Et te faire docteur, *(à part.)* ſans trop ſavoir comment.
Des ſoins étrangers aux ſéances,
Vont multiplier mes abſences ;

Il me faut un repréſentant,
Et pour te rendre compétent,
Tu vas connoître enfin tout le nœud du myſtere.

GILLE.

Ah, mon cher maître !

CHARITON.

Appelle-moi confrere ;
Tu vas le devenir ; je te donne le nom
De docteur .... Attrapeminon.
(Il lui donne ſon épée.)
Reçois ce glaive, il eſt le ſigne
Du pouvoir de vie & de mort ;
Mais en même temps il déſigne
Que nous n'avons aucun rapport
Avec les guériſſeurs à l'écarlate robe.
Guerre éternelle à l'univerſité !
Tu prendras dans ma garde-robe,
L'habit lilas, que pour toi j'ai quitté.
Approche le baquet .... il faut que je t'explique
Sa théorie & ſa pratique,
Et qu'à ton doctorat je mette enfin le ſceau.
Le numéro premier, pot noir ... ſur le bureau ;
Donne-le moi ... cette drogue eſt la baſe
De notre réſervoir.

GILLE.

Comment la nomme-t on ?

CHARITON.

C'eſt l'*album græcum* en bâton (1).

---

(1) Merde de chien. L'antique médecine y trouvoit des propriétés ſalubres.

GILLE.

De cette drogue là, chaque jour j'en écrase.
Et je crois que messieurs vos chiens,
En sont les seuls pharmaciens.
Phouai, quel parfum !

CHARITON.

Il faudra bien t'y faire....
Un docteur intrépide a le nez réfractaire
Au sentiment de l'odorat.
L'odeur la plus fétide est pour moi du rosat.
Sur le parquet.... Numéro deux, la plante,
Feuilles & fleurs de la roche puante (1),
Pulvérisée & passée au tamis.

GILLE, *tendant les bras & détournant la tête.*

La voici, mon confrere.... elle sera peut-être
Pour votre nez de l'ambre gris ;
Mais le mien, par malheur, qui n'est pas nez de maître,
Sent qu'on ne peut rien odorer de pis.

CHARITON.

Sur le parquet.... Numéros trois, glandules,
Satyrion (2), prises au mois de mars
Sur les monts Appenins... le tout pesant deux marcs,
Une once, un gros, & deux scrupules.

---

(1) Plante médicinale, nommee ainsi de son odeur fétide. L'usage semble en être interdit.

(2) Plante bulbeuse & échauffante, employée anciennement dans la pharmacie ; sa tige & sa fleur étoient également salutaires. Les Allemands la font entrer encore dans leur composition de biere.

GILLE.

GILLE.

Rien ici pour le nez.... monsieur Satyrion,
Sur le parquet en faction.

CHARITON.

Numéro quatre, demi-livre,
Cœurs de taupes pulvérisés.
Voici pour les corps mats; passons aux infusés:
C'est la marche constante à suivre.
Numéro cinq, un pot de mille fleurs.
Numéro six, un flacon de sang d'âne,
Et du rhinocerot; la corne diaphane
Passée à l'alambic.... la mere des liqueurs.
Dans ses écrits, le grand Hoffmann publie
Que le sang d'âne est, par sa qualité,
L'antipode de la folie,
Pris toutefois avec modicité.
Que deviendroit, hélas! le corps de la cabale,
A supposer des fous la cure radicale?

GILLE.

Voici votre sang d'âne & le rhinocerot,
Et l'eau de mille fleurs. Pour ce dernier sirop,
Il dément bien son nom; à l'odeur je devine,
Que la topette est d'essence d'urine.

CHARITON.

Le tout sur le parquet.... Retenez bien, docteur,
Le mécanisme du mélange,
Et n'allez pas prendre le change,
En ignorant nomenclateur.
Réduisez en poudre impalpable

L'*album græcum*, intimement mêlé
Au rhinocerot distillé ;
Et qu'aussitôt la plante incomparable,
Passe à son tour dans le mortier.
A grands coups de pilon, obtenez une pâte ;
Goutte à goutte alors, & sans hâte,
Versez, pour la liquéfier,
Du sang d'âne, la fiole entiere ;
Et puis, l'incorporation
Des cœurs pulvérisés, & du satyrion ;
Puis, l'eau de mille fleurs... puis, mon cher, la lumiere.

GILLE.

C'est un salmigondi tout-à-fait infernal !
Et le tout trituré, que faut-il que j'en fasse ?

CHARITON.

De ce composé radical,
Vous ferez dissoudre la masse
Dans un volume d'eau d'Arcueil (1) ;
Et quand le mixte aura pris l'œil
D'une limonade dorée,
Du réservoir vous boucherez l'entrée.
Ce couvercle, mon fils, est la peau de python (2).

---

(1) Village près de Paris, qui, par le moyen de son superbe aqueduc & de ses canaux, distribue l'eau dans différents quartiers de cette ville.

(2) Serpent monstrueux, tué par Apollon, qui couvrit de sa peau le trépied sur lequel il rendoit ses oracles. (Allusion au baquet, d'où sortent les oracles de la santé.)

GILLE.

Eſt-ce là tout, mon ami Chariton ?
Ne me déguiſez rien, je me ſens intrépide.
Fallût-il ſe vautrer dans tous les margouillis,
Dans tous les égoûts de Paris,
La gloire dont je ſuis avide,
A la fouille la plus fétide,
Sauroit prêter le plus haut prix.

CHARITON.

Je vous ſoutiens, docteur, à cet enthouſiaſme ;
Mais n'outrons rien, confrere.... Égoûts, gâchis, bourbiers,
Pris en mauvaiſe part, auroient l'air d'un ſarcaſme.
Non... la fange n'eſt pas le champ de nos lauriers.
Le conducteur, l'agent du magnétiſme,
Eſt donc ce réſervoir.... Quant à mon catéchiſme,
Vous ne l'avez pas oublié ;
Et vous ſavez par cœur ce que j'ai publié
Des ſieges chauds, des froids & des humides (1),
Des dix paires de nerfs, des veines carotides (2),
Des poumons & du cœur, du foie & du cerveau,
Des reins, de l'eſtomac, & du foyer nouveau (3),

(1) Les chauds ſont, le cœur, le foie, les teſticules ; les froids, inteſtins, veſſies, diaphragme ; les humides, cerveau, poumons, eſtomac.

(2) Nom de deux arteres du cou, qui portent le ſang au cerveau.

(3) On me diſpenſera, par pudeur, d'expliquer ce que c'eſt que ce foyer. Imaginez, & vous y êtes.

Où j'établis toutes mes ſympathies.
Vous vous rappellez bien des diverſes parties
A comprimer, pour provoquer
Les ſoubreſauts, les tranſes & les criſes.
Sur l'homme microcoſme (1), à diverſes repriſes,
Vous m'avez vu vous faire remarquer
Divers détails, diverſes analyſes.
Vous connoiſſez & ſavez pratiquer
La théorie de mes pôles (2),
L'art des contractions, celui des diaſtoles (3).
Vous avez vu la flamme bleue (4)
Sortir du nez de mes magnétiſés.
Mes procédés enfin, vous ſont tous expoſés....
Mais du ſecret, il reſte encor la queue.
Oui, ſans deux mots que vous allez ſavoir,
Vous n'avez rien acquis, & reſtez ſans pouvoir.

GILLE.

Comment, ſans ces deux mots....

---

(1) Microcoſme, ou abrégé de l'univers. Pour l'intelligence de leur ſyſtême, les magnétiſtes ont trouvé ce parallele.

(2) C'eſt ſur des pôles de convention, dans le corps humain, que les magnétiſtes aſſeoient toutes leurs expériences ; & c'eſt auſſi par la direction oppoſée des pôles du magnétiſeur à ceux du magnétiſé, que ſe fait l'attraction du fluide magnétique. L'anonyme de la feuille *Meſmer juſtifié*, a beaucoup joué ſur ces pôles.

(3) Effet prétendu viſible, & qui conſtitueroit l'exiſtence du fluide univerſel.

(4) Dilatation du cœur & des arteres. Le mouvement oppoſé, c'eſt-à-dire, la contraction, ſe nomme ſyſtole.

CHARITON.

Tout le reſte eſt chimere.
Et bien que votre foi me ſoit connue & chere,
Par un ſerment auguſte il faut m'être lié....
Après quoi, mon ami... montez ſur le trépied.

GILLE.

Je tremble...

CHARITON.

Affermiſſez votre mâle génie,
Et pour la fin de la cérémonie,
Réſervez votre étonnement.
Jurez ſur ce baquet, abreuvoir de fluide,
Par la grande ourſe (1), & tout le firmament,
Qu'en magnétiſeur intrépide,
Malgré l'effroi des mots à prononcer,
On vous verra conſtamment exercer
Ma ſublime doctrine.

GILLE.

Ami, je vous le jure.

CHARITON, *dans un élan de joie.*

Je vous embraſſe au nom de la nature !
Vous en allez devenir le héros.
Hablez, dupez, pillez (2).

---

(1) J'ai préféré aux autres conſtellations, la grande ourſe, compoſée de vingt-neuf étoiles, étant une des plus conſultées dans les prédictions aſtrologiques.

(2) Triple caractere d'un charlatan ; habler, (mentir & exagérer) ; duper, (rendre leurs croyants victimes de leurs remedes) ; piller, (empocher l'argent ;) c'eſt le grand art des magnétiſtes brevetés.

GILLE.

Et les deux mots....

CHARITON, *très-myſtérieuſement.*

(montrant le parterre.) (mettant le doigt ſur le front.)

Crédulité, docteur, effronterie (1)!
Voilà tout mon ſecret.... Adieu, mon tendre ami.
(Il s'en va.)

GILLE, *à part.*

Déjà, de mon ferment, mon courage a frémi.

CHARITON, *revenant.*

Pour un prélude d'induſtrie,
En mon abſence eſſayez vos talents
Sur nos trois ruſtres d'Angoulême;
Et mettez-les au fait de mon ſyſtême;
Ce ſont des ſujets excellents,
Pour mordre à l'hameçon en ſe croyant illuſtres;
Priez-les au baquet pour allumer les luſtres.
(Il s'en va & revient.)
Je dois vous prévenir que les pôles du jour,
Sont pour le bas, la veine inteſtinale (2),
Et pour le haut, la glande pinéale (3).

---

(1) Crédulité, le ſiecle en eſt paſſé. Effronterie, pauvre ſecret ſous l'œil du gouvernement.

(2) A proprement parler, il n'y a point de veine particuliere qui porte ce nom caractériſtique; mais un charlatan ne doit pas être un du Vernay en anatomie.

(3) Selon Deſcartes, le ſiege de l'ame, & ſelon les magnétiſeurs, celui des ſenſations les plus vives à provoquer.

Adieu, docteur, je vais faire ma cour ;
Déſopiler Plutus, & filer chez Omphale (1).
(Il ſort.)

GILLE, *après un long ſilence.*

Mort de ma vie ! il eſt donc parvenu
A me faire adopter ſon ſyſtême cornu,
Dont l'épaiſſe ignorance eſt la baſe & le faîte.
Et moi, pauvre butor, qui me caſſois la tête,
Pour découvrir ces fluides courants
Des corps aériens aux nôtres inhérents (2) ;
Cette réfraction, ce reſſort d'incidence (3),
Ce mécaniſme d'influence,
Ce flus & ce reflus de tous les éléments,
Je rencontre deux mots, deux mots les fondements
D'un étrange charlataniſme :
Quel ſecret que le magnétiſme !

---

(1) Déſopiler Plutus, c'eſt pour Chariton obtenir les vingt mille louis de dot de Sophie, dont l'a flatté l'abbé des Eſſences ; & filer chez Omphale, c'eſt abandonner ſon art pour aller parler d'amour à Sophie, & faire ſa cour à la marquiſe.

(2) Il exiſte une influence mutuelle entre les corps céleſtes, la terre & les corps animés. Premiere propoſition de la doctrine Meſmérienne ; & c'eſt par les courants du fluide univerſellement répandu, que s'établit cette connexion.... Comprenez-vous ?

(3) Incidence, en géométrie, ſignifie la chûte d'une ligne ſur une autre ; & en magnétiſme, les propriétés de la matiere, gravité, cohéſion, élaſticité, irritabilité, électricité. C'eſt quelque choſe de bien adroit que ces rapports.

ACTE II.

SCENE PREMIERE.

GILLE, *en habit lilas, épée au côté, portant un mortier de marbre, dans lequel sont des pincettes, des lunettes, un tablier de toile noire, & un bonnet blanc.*

Effronterie!... ah! l'excellent moyen,
Pour être plus fameux que défunt Galien!
(Il pose son mortier.)
Mes trois ours d'Angoulême éprouvoient une extase
A chaque mot, à chaque phrase!...
Les voilà bien docteurs.... car ils ne savent rien.
Que je leur ai transmis d'excellentes sottises!
Ils vont, sur ce fonds là, provoquer bien des crises,
Détendre bien des nerfs, fondre bien des tumeurs,
Et colporter chez eux de bien crasses erreurs!
Laissons-les s'applaudir d'un art aussi propice,
Et mettons-nous en exercice.
A votre aise, mes bras.... hors du fourreau lilas.
(Il quitte son habit.)
L'accoutrement d'un docteur n'iroit pas
Avec le harnois mécanique.
Le tablier *(Il le ceint.)* & le bonnet chimique.
(Il quitte sa perruque, & met le bonnet.)
Embarrassante broche, *(son épée.)* un instant au crochet!
(Il la pend à une feuille de paravent.)

Qu'on reconnoiſſe à ſon coſtume étrange,
Le ſale artiſan d'un baquet.
Pour garantir mon nez du fumet du mélange,
Que d'un double criſtal à l'inſtant chevauché,
(Il met ſes lunettes.)
A ſa puante atteinte, il ſoit duement bouché.
Autre précaution, à l'appui des lunettes,
C'eſt de ne rien toucher que du bout des pincettes,
Commençons par monſieur *græcum*,
(Il le jette dans le mortier.)
Par la concrétion, rendu *coagulum* (1),
A la place d'honneur.... & toi, maudite plante,
(Il jette la roche puante.)
Confond à ſon parfum ton odeur peſtilante.
Le reſte avec les doigts.... rhinocerot, partez.
(Il le jette.)
Vous y voilà. Cœurs de taupes, lutez,
Et faites nargue au græcum, à l'arbuſte,
En les ſurmontant tous par votre flegme (2) auguſte.
Voici pour les corps mats.... paſſons aux infuſés.
Que du ſang à martin, ces mixtes arroſés,
(Il verſe la fiole de ſang d'âne.)
Se réſolvent entr'eux en liquide ſubſtance,
Et mêlant leurs vertus, ne faſſent qu'une eſſence?

---

(1) (Concrétion,) la coaction de matiere, qui la rend (coagulum) épaiſſe & dure.

(2) Partie de la ſubſtance d'un mixte, qui s'éleve ordinairement la premiere dans la diſtillation.

Quelle ébulition de diverſes humeurs.
Eh ! vîte l'eau de mille fleurs !
(Il verſe la topete d'eau de mille fleurs.)
Là.... tout eſt apaiſé, la querelle eſt finie,
A moins que ce ſatyrion
Ne vienne encor déranger l'harmonie....
(Il jette le ſatyrion dans le mortier.)
Eh ! non ; tout eſt d'accord parmi la compagnie.
Eſſayons à préſent la trituration. *(Il ſe met à piler.)*
O vous qui regardez le travail d'un artiſte,
Comme un loiſir, un goût plein de ſaveur,
Un moment, devenez chimiſte,
Et vous ſentirez votre erreur !
Il n'en eſt pas de ces drogues fumeuſes,
Comme du ſac de nos trois candidats ;
La crême n'en vaut rien, & tous les mithridats,
Contre leurs vapeurs dangereuſes,
Ne produiroient, je crois, que de vains réſultats.

SCENE II.

GILLE, toujours pilant, & JAVOTTE traverſant le théatre.

JAVOTTE, *à part.*

ET vous auſſi, viſez à la marquiſe,
Vénérable Attrapeminon ?
Les ſentiments changent avec le nom,
Et Javotte n'eſt plus de miſe ?

Nous vous en préparons, monſieur le refrogné;
Avant d'avoir pilé, broyé, charlatané,
Vous aurez appris qui nous ſommes !
De tous les animaux, je l'ai bien éprouvé ;
Les plus ingrats, ce ſont les hommes.
De Malines, ſait-il que l'on eſt arrivé ?
Sait il que l'on prépare un formidable orage,
Bien propre à ma vengeance & digne de ma rage?...
Il ne s'en doute pas.... il faut l'épouvanter.

(Elle lui frappe ſur l'épaule.)

Adieu, docteur puantiſſime !
Prends moins de peine à t'infecter....
Dans peu, tu vas jouer une autre pantomime ;
Hymen, fortune & réſervoir,
Tout cela, ſoupe aux morts.... *(Elle s'en va.)*

GILLE.

C'eſt ce qu'il faudra voir.
Elle eſt trop amuſante avec ſon ſot oracle....
De ce triple ſuccès il eſt trois cautions,
Quand il n'eſt pas un ſeul obſtacle.
Notre cuvier de reſte.... & les ſouſcriptions !
L'hymen de Chariton.... une eſpérance grêle !...
C'eſt bientôt dit.... mais l'abbé qui s'en mêle !...
Et ma fortune un rêve !... un rêve, quand je vais
N'être plus au baquet docteur *ad honores !*
Cette fille a toujours parlé comme une grue.
Mais en fait de talent le ſexe a courte vue,
Ne s'arrêtant jamais qu'à des colifichets ;
Aux hommes, le grand genre... aux femmes, les caquets.

(Il regarde le tour du pilon.)

Or, pourſuivons. Je crois que la ſubſtance,
A pris aſſez de conſiſtance....
Pour y plonger la naïade (1) d'Arcueil....

(Il verſe le mortier dans le baquet.)

Garniſſons le baquet.... C'eſt donc ici l'écueil,
Meſſieurs les médecins, de votre inconfiance....
Ici ſe briſera le giganteſque orgueil
Du ſanhédrin fourré, qui dans ſa morgue extrême,
Ne croit à la ſanté que d'après ſon ſyſtême:

(Pendant cette énumération, Gille prend au fond du théatre des cruches qu'il verſe dans le baquet.)

Ici ſe réſoudront tumeurs & ganglions,
Enflures d'abdomens, noyaux d'obſtructions;
Par un ſeul traitement, nous guérirons les ſpaſmes,
Les flegmes d'eſtomac & les membres perclus,
Migraines, fluxions & *colera-morbus*.
Coliques, tremblements, gras-fondus & maraſmes.
Les ſurdités, les conſtipations,
La ſciatique & les contractions.
Les dépôts & les dartres vives,
Les tenſions de nerfs & les toux convulſives.
Jauniſſe, abcès, engorgements,
Les maux répercutés, les étourdiſſements,
Décrépitude, léthargie,
Eréſipele, hémorragie,

---

(1) On ſait que les naïades, filles de Jupiter, préſidoient aux fontaines. Naïade d'Arcueil, c'eſt-à-dire, l'eau qui vient d'Arcueil.

Oppreſſions, fiſtules & langueurs,
Et la mélancolie & les pâles couleurs.
Aucune maladie enfin, qui ne nous cede;
Il n'eſt qu'une nature, il n'eſt qu'un ſeul remede (1),
Et le voici, graces à Chariton.
Mais il me reſte un doute.... Hélas! y croira-t-on?
A préſent, poſons le couvercle....
Puis, rangeons les fauteuils en cercle....
Cet appareil eſt vraiment théatral.
L'autel eſt prêt.... attendons les victimes....
Ah! j'oubliois.... le harnois doctoral....
(En remettant ſon habit.)
Que j'aime bien Javotte avec ſes pantomimes!
J'aurai les louis-d'or de ceux qui la joueront,
Et voilà le ſecret.

SCENE III.

GILLE, FILIPENDULE.

FILIPENDULE, *heurtant derriere le théatre.*

OUVREZ, & ſoyez prompt?

GILLE.

Déjà les ſouſcripteurs, devançant le trompette....
Auroient-ils ſenti le baquet?
Qu'ils attendent, morbleu, la fin de ma toilette?

---

(1) Aphoriſme impoſant des magnétiſeurs; mais emprunté, par malheur, de tous les charlatans & docteurs à treteaux.

FILIPENDULE, *heurtant plus fort.*

Ouvrira-t-on ?...

GILLE, *à part.*

Je ſuis votre valet....

FILIPENDULE, *heurtant plus fort encore.*

Suis je donc fait, maraud, pour reſter à la porte ?

GILLE, *à part.*

Si tu n'y peux reſter, que le diable t'en ſorte....

FILIPENDULE.

J'apporte cent louis, il faut que j'entre.... ou bien !
(Il heurte avec violence.)

GILLE, *à part.*

Le bon billet d'entrée !... Oh ! vive un tel-moyen ;
(Haut.)
Pour ſe bien annoncer... J'y vais, j'y cours, j'y vole...
(En ouvrant.) *(A part.)*
Comment vous portez-vous ? C'eſt un bedeau d'école...

FILIPENDULE.

De ce temple êtes-vous le Dieu ?...
Je le préſume à votre accès pénible....

GILLE, *ſe rengorgeant.*

Ajoutez, à mon air....

FILIPENDULE.

Je vous en fais l'aveu,
L'ajouté n'eſt pas admiſſible.
N'importe, me voilà !

GILLE.

Certes, j'en ſuis ravi.

FILIPENDULE.

Apprenez donc, que ſi j'ai pourſuivi
Un peu de gloire dans ma vie,
Cette ardeur n'étoit rien, comparée à l'envie
D'être magnétiſeur, de dreſſer réſervoir,
D'après vos procédés & votre vrai ſyſtême :
Je veux, ſi je le puis, être un ſecond vous-même.
Croiriez-vous bien que j'ai fait, pour vous voir,
Les frais d'une berline & ceux d'un long voyage ?

GILLE.

C'eſt comme ſi j'étois un animal ſauvage :
Eh bien, regardez-moi....

FILIPENDULE.

Trêve de faux-fuyant...:
Je ne ſuis pas, docteur, un ſimple étudiant;
Je ſuis, dans l'art chimique, un ſecond Raimond-Lulle (1),
Et vous voyez en moi Claude Filipendule,
Docteur de Montpellier par inſtallation,
Portant la robe rouge & la manche d'hermine,
Et profeſſeur de médecine
Dans les écoles de Lyon.

GILLE.

Tant pis pour vous, meſſire Claude....
Vos qualités & votre blaude,

(1) Savant chimiſte.

Tout vous profcrit ici.... Les docteurs médecins
Nous ont trop fait de mal.... ce font mes bêtes noires.

FILIPENDULE.

Docteur,... vous oubliez....

GILLE.

Non, ce font des *chafouins*,
Bannis, & pour raifon, de nos laboratoires.

FILIPENDULE *furieux.*

Nous traiter de *chafouins!*... l'ai-je bien entendu?

GILLE.

Eft-ce ma faute à moi, monfieur fils de pendu,
Si vous vous êtes fait un membre de college?
Peut-être, maître Claude, êtes-vous député,
Pour traiter de la paix avec la faculté....
Dans ce cas, difcutons.... Prenons chacun un fiege.

FILIPENDULE.

Sans ridiculifer mes titres & mon nom,
Pour venir droit au fait, voudriez-vous bien m'apprendre
Si, fur mes cent louis, je puis enfin prétendre
A devenir votre éleve.... ou finon....
(Il fait femblant de s'en aller.)

GILLE.

Quand on a des fecrets, ce n'eft que pour les vendre.

FILIPENDULE.

Ah! vous parlez enfin intelligiblement....
Or fus, éclairez-moi, car je n'ai qu'un moment,
Et comme un trait, je repars....

GILLE.

GILLE.

A merveille !

Ma pétulance à la vôtre est pareille,
N'ayant qu'une minute au plus à vous donner....
Mais les écus.... que vous faisiez sonner !...

FILIPENDULE.

Je les ai bien comptés ;... j'en fais la délivrance ;
Si-tôt le cours fini....

GILLE.

L'on paie ici d'avance :
C'est l'usage établi par tous vos dévanciers.
Je ne révele rien, sans palper les deniers ;
Que votre main se détermine,
Ou remontez, monsieur, dans la berline ?

FILIPENDULE.

Vous les aurez, docteur....

GILLE.

Aurez.... est au futur ;
Pouvoir dire, je tiens, me semble à moi plus sûr....

FILIPENDULE.

Vous êtes bien pressant !...

GILLE.

Vous êtes bien tenace !...

FILIPENDULE.

Mais, qui m'assurera que votre art est certain ?...

GILLE.

Ah, que de mots perdus !... j'abandonne la place ;
Un homme tel que moi n'existe pas en vain.

FILIPENDULE.

Arrêtez... les voici... j'en fais le ſacrifice.
Excuſez ma roideur....

GILLE, *ſaiſiſſant avidement la bourſe.*

Vous voyez que j'y gliſſe,
Empochant ſans compter.... Maintenant, procédons...
Je vais, fils de pendu... par d'entiers abandons,
Vous mettre au fait de tout le baquettage.
Vous n'en demandez pas, je penſe, davantage?

FILIPENDULE.

Eh non, ſans contredit.... N'eſt-il pas, ce baquet,
La quinteſſence du ſecret?...
Mais, prononcez mon nom, comme je l'articule...
Je ſuis, mon cher docteur, je ſuis Fi...li...pen...du...le...

GILLE, *lui mettant familiérement le bras ſur l'épaule, & de la main, lui careſſant le menton.*

A la bonne heure, & je m'en réjouis.
Or, prenons, vous & moi, des fronts épanouis;
De la gaité... c'eſt le ſel du myſtere.
Tout eſt joyeux dans notre miniſtere.
Vous ſaurez donc, mon cher fils de pendu,
Filipendule.... excuſez l'habitude,
Que le ſecret que je vous ai vendu,
Pour être ſu, demande peu d'étude;
Et c'eſt là ſon mérite.... Auſſi, ſans vous targuer
D'une conception ſublime,
Vous en aurez la connoiſſance intime,
Et de même que moi, vous pourrez le léguer.

Tout gît, mon cher docteur, dans une pantomime,
C'est le mot de Javotte, & j'aime à le citer.

FILIPENDULE.

Quelle est cette Javotte ?

GILLE.

Une fille charmante,
Qu'on ne voit point sans convoiter.

FILIPENDULE, *avec humeur.*

Vous êtes fou, docteur, & trompez mon attente.
Vous étiez si pressé, quand vous m'avez admis,
Et maintenant le temps se brûle.

GILLE.

Que voulez-vous, mon cher Filipendule,
On s'oublie avec ses amis.
Le charme que je goûte, & qui me prédomine,
Est d'un prix qu'aucun soin ne sauroit effacer;
Cependant à vos vœux il faut acquiescer.
Vous saurez donc que notre médecine
Se divise en trois sections;
C'est, vous l'appercevez, abréger les affaires.

FILIPENDULE.

Les courtes dissertations,
En fait d'art de guérir, sont aussi les plus claires;
Et quelle est la premiere ?

GILLE.

Usage de la main;
La seconde, docteur, emploi de la baguette,
Et la troisieme, enfin, sympathie du bain.

L'ôn ſe ſert de la main comme d'une vergette,
Pour diſpoſer, par un chatouillement,
L'organiſation au développement;
Parcourant les rameaux du nerf dit ſympathique (1),
Pardevant, par derriere, en ligne cylindrique.
Le cœur du patient s'agite, & fait tic, tac;
Alors la même main s'adreſſe à l'eſtomac;
Et ſe fixant ſur ſon bas orifice (2),
Varie ſon contact avec tant d'artifice,
Suivant l'âge, le ſexe, ou le cas aviſé,
Que le malade en reſte électriſé....
Comprenez-vous cela, mon cher Filipendule?

FILIPENDULE.

Sans contredit, docteur: il ſeroit ridicule,
Sur de tels éléments, de me croire au berceau;
Je ſais mon corps humain.

GILLE.

Eh! tant mieux, mon confrere.
L'anatomie eſt le flambeau
Qui nous dirige en l'obſcure carriere
De guériſſeurs; ſans elle, la lumiere
Ne ſe fait voir que par un faux tuyau.
Paſſons à la baguette, agent du mécaniſme;
La région du foie eſt pour le magnétiſme

(1) On en diſtingue pluſieurs; mais il n'eſt queſtion ici que du *grand nerf*, que les magnétiſtes ſavent agacer avec tant d'art.

(2) L'eſtomac eſt percé en deux endroits; l'ouverture ſupérieure ſe nomme le haut orifice; & l'ouverture inférieure, par où ſe dégagent les aliments qu'il reçoit, ſe nomme le bas orifice.

Un centre d'émanation,
Et c'eſt le ſiege auſſi des applications.
Ces procédés vous paroiſſent frivoles....
Une ſimple baguette !... oui, docteur, rien de plus ;
Elle concentre le reflus (1),
Dont les courants ſubmergeroient les pôles,
Comprenez-vous cela ?

FILIPENDULE.

Mais, docteur, à peu près.

GILLE.

Quant à l'art du baquet, vous y ſerez profès,
Avec mon manuel de la cathégorie.
(Il le prend ſur le bureau.)
Le voici, cher adepte.... Uſage & théorie,
Y ſont diſtincts, & dans un ſtyle uni....
Vous l'apprendrez par cœur.... Partez, tout eſt fini.
Vous voilà plus ſavant que le dieu Téleſphore (2).

FILIPENDULE, *en fureur.*

Eh quoi ! docteur, ne ſachant rien encore...
Vous voudriez me prouver ?... Ah ! cela ſe verra.
Vous êtes un fripon....

GILLE.

Tout comme il vous plaira ;
Mais, emportez votre ſcience.

---

(1) La baguette, comme conducteur du fluide magnétique, ſoutire la ſurabondance de cette ſubſtance, dont le poids, ou plutôt la trop forte compreſſion, détruiroit l'équilibre des pôles.... Il n'eſt pas poſſible de rendre claires de pareilles inepties.

(2) Médecin fameux, dont les Grecs firent un dieu.

FILIPENDULE, *en fureur.*

Que m'avez-vous appris ? parlez.

GILLE.

La convergence (1)
Des rayons de fluide avec art réfractés
Au centre de nos corps souffrants & tourmentés.
Vous savez tout, hors la clef du mystere.
Ce sont deux mots... ah, quels mots, mon confrere !
Eh bien, ces deux mots là, vous seront inspirés,
Je vous le garantis, quand vous exercerez.

FILIPENDULE, *de même.*

On ne me berce pas d'extravagants prestiges....
Effronté charlatan.... faites seul vos prodiges ;
L'appareil imposant de toutes vos vertus,
Ne me rend pas crédule à vos faux attributs.
De la santé, tudieu, quelle pierre de touche !
Rendez les louis d'or, vil & froid scaramouche.

GILLE.

Tant de courroux, petit, pourroit bien aboutir
A quelques gestes de main-morte....
Vous m'avez obligé de vous ouvrir la porte,
(Il le pousse par les épaules.)
Et je vais à mon tour vous forcer de sortir.

FILIPENDULE, *furieux.*

Oh, vous me les rendrez...

---

(1) Terme d'optique, qui désigne le rapprochement des rayons de lumiere vers leur centre, après avoir été réfractés.

GILLE,

Quoi ?...

FILIPENDULE.

Cent louis...

GILLE.

Au diable

La petite chenille avec son air capable !...
Vous voyez cependant où je serois logé,
Si j'avois fait crédit au petit rengorgé ;
Comme on apprend à vivre avec gens de la sorte !
Quels attrapes secret !

FILIPENDULE.

Mais, encore une fois,
Je suis très-ignorant....

GILLE.

Docteur, je m'en rapporte ;
Mais, tant bête soit-on, il faut être courtois ;
Ainsi, pour abréger, vous passerez la porte.

(Il le jette dehors.)

FILIPENDULE, *criant derriere le théatre.*

Souffre-t-on à Paris cet infernal tripot ?
Voler les médecins, & tromper la nature !
Je vais à la police.

GILLE.

Oui, crie, peste, jure....
J'ai les louis, & ne suis pas si sot,
Que de plier à ta vaine complainte....
Mais, s'il alloit porter sa plainte ?...

Il n'a garde, ma foi ; rien n'eſt auſſi diſcret,
Qu'un curieux au trébuchet.

(Il ſort la bourſe de ſa poche, & fait divers lazzis de ſatisfaction.)

Chers bijous de mon ame, il eſt temps de paroître....
Que vous avez d'appas ! que vous me raviſſez !
Voudrez-vous bien friſer le nez de notre maître ?
C'eſt un bourreau d'argent... vous ſeriez dépenſés...
Vos pareils, avant vous, jetés par la fenêtre,
Vous annoncent le ſort que vous auriez peut-être ;
Mais, avec moi, vous ſerez entaſſés,
Comptés, encotonnés, ſoignés & careſſés.

(Il baiſe les louis-d'or.)

SCENE IV.

L'ABBÉ DES ESSENCES, *accourant ;* GILLE.

L'ABBÉ DES ESSENCES, *très-vivement.*

QUELLE noirceur, ami, je viens t'apprendre !
Une grande ſorciere arrivant de la Flandre...
Et qui ſe dit ta femme... O ciel !... eſt-ce une erreur ?...
Mes yeux me trompent-ils ?... Non, c'eſt Gille en docteur.

GILLE.

Pour en avoir les marques & l'allure,
Il falloit bien en prendre la pelure...
Mais d'où naît votre trouble, & que m'annoncez-vous ?
D'une grande ſorciere, & dont je ſuis l'époux ?...

Jusque-là, cher abbé, vous raisonnez pantoufle;
Je n'ai jamais eu femme, à proprement parler;
Sur ce point, mon humeur est de batifoler.

L'ABBÉ DES ESSENCES.

Laissons-là ton humeur.... La Jacqueline Boufle..?

GILLE.

Quel nom prononcez-vous?... Eh bien, mon cher abbé!

L'ABBÉ DES ESSENCES.

Mon pauvre Gille, eh bien... cette espece de dame,
Plus amoureuse que Thisbé,
Vient à Paris réclamer son Pyrame,
Et ce Pyrame est l'ami Chariton.
Cette femme se cabre, & le prend sur un ton
A faire appréhender une scene tragique.

GILLE.

Et que dit-elle enfin, cette anti-magnétique?

L'ABBÉ DES ESSENCES.

Que tu la nommes bien!... En effet, à votre art,
Elle ne paroît pas prendre beaucoup de part....
Elle dit que ton maître habitoit à Malines,
Sous même toit, & sous mêmes courtines (1),
Au joug d'hymen avec elle enchaîné,
La tannerie où son pere étoit né....

GILLE.

Quelle apparence!... à qui s'adresse-t-elle,
Pour débiter cette histoire infidelle?...

(1) Vieux mot, signifiant les rideaux d'un lit.

L'ABBÉ DES ESSENCES.

A la marquiſe, à Sophie, à la cour,
Où l'infernale s'eſt fait jour,
Pour ſe pourvoir contre le mariage
Que je manie avec tant d'art.

GILLE.

J'enrage!
La ſorciere auroit-elle auſſi parlé de moi?

L'ABBÉ DES ESSENCES.

Tu n'en vaux pas la peine.

GILLE.

Oh! j'en tremble d'effroi.

L'ABBÉ DES ESSENCES.

Te connoît-elle?...

GILLE.

Aſſez pour en tout craindre....

L'ABBÉ DES ESSENCES.

Et toi, mon pauvre Gille....

GILLE.

Il n'eſt plus temps de feindre.
Je la connois, abbé, conſidérablement,
Et peux vous réciter tout ſon ſignalement.
Ce qu'on appelle une ſuperbe blonde....
L'œil plein de feu, tête petite & ronde,
Haute en couleurs, & la plus fine peau;
Taille de reine & croupe redoublée....
Droite comme un peuplier, ſouple comme un roſeau;
Beau ratelier & gorge bien taillée,

Les cheveux plus brillants que ceux du dieu du jour ;
La jambe de Minerve & le pied de l'Amour.
La ſignalé-je bien ? . . .

L'ABBÉ DES ESSENCES.

Ah ! mon cher, je t'atteſte
Qu'il me ſemble la voir ; car, à ſa jambe près,
Que je ne connois pas, la voilà traits pour traits.

GILLE.

Dieux ! mon ſoupçon ſe manifeſte.
Abbé, madame Boufle ! . . .

L'ABBÉ DES ESSENCES.

Oui, c'eſt ce qu'elle a dit.

GILLE.

Femme de maître Boufle, abbé.

L'ABBÉ DES ESSENCES.

Sans contredit.
Mais quel droit entre nous a donc cette exécrable ?

GILLE.

Quel droit, abbé ? . . . le plus inconteſtable.
La grande Boufle eſt épouſe, dit-on,
Depuis dix ans, du docteur Chariton. . . .
Du moins je les ai vu pendant telle durée,
Très-maritalement faire même chambrée.

L'ABBÉ DES ESSENCES.

Mais, peut-être n'eſt-il qu'un époux prétendu ?

GILLE.

Ne vous y fiez pas. . . .

L'ABBÉ DES ESSENCES.

Eh bien ! tout est perdu.
La carogne, bientôt, transformée en Médée....

GILLE, *de sang froid.*

Et si nous l'étranglions ?...

L'ABBÉ DES ESSENCES.

Je frémis de l'idée;
(A part.)
Ce seroit s'exposer.... *(Il réfléchit.)* Le projet est exquis.

GILLE.

A quoi donc rêvez-vous ?...

L'ABBÉ DES ESSENCES.

Si j'avois cent louis! ....

GILLE, *vivement.*

Qu'en feriez-vous, abbé?...

L'ABBÉ DES ESSENCES.

Ce que j'en ferois, Gille....
Ces cent louis.... nous en vaudroient vingt mille.

GILLE, *avec flegme.*

Que je comprenne bien !...

L'ABBÉ DES ESSENCES.

Le jour n'est pas plus clair;
Je vais dans la minute avoir un ordre en l'air,
Pour faire enfermer la mégere,
Sans avoir pour cela besoin du ministere;
Et tu comprends qu'alors tout obstacle écarté,
Nous ferons notre hymen avec sécurité.
Oh ! ce projet est inappréciable.

GILLE.

Comment, abbé, vous vous croyez capable...?

L'ABBÉ DES ESSENCES.

C'est un bibus pour moi.

GILLE, *avec un élan de joie.*

Vous êtes ravissant.
Vivent les louis-d'or!... tenez, en voici cent.
Courez, abbé.... pour lui rompre en visiere.
Le par corps.... la salpêtriere!...

L'ABBÉ DES ESSENCES.

Espere tout d'un zele vigoureux;
Rassure Chariton: je vais le rendre heureux. *(Il sort.)*

GILLE, *seul.*

Voilà de ces traits qui me passent!...
Deux honnêtes garçons compassent
Les déliés moyens de faire leur maison;
Ils changent pour cela de nom, de domicile;
Ils viennent à Paris évoquer la Sibylle (1),
Et sur leurs pas, la noire trahison!
Mais nous vous apprendrons, maîtresse Jacqueline,
A venir troubler nos débuts....
Après avoir conçu des projets de ruine,
Au moyen de l'abbé, vous avez bien la mine,
De n'accoucher que d'un fœtus.
J'ai ma part d'intérêt à ce que la poulette

---

(1) Évoquer la Sibylle... consulter l'oracle de la santé, ou plutôt, faire parler le mensonge & l'imposture.

Soit mise au poulailler & ne puisse glousser (1).
Certaine insulte à sa cassette,
Au nombre des griefs venant à se glisser,
Peut-être d'un docteur feroit un funambule (2) !
Mais bravons ce danger ! l'or de Filipendule,
Et le crédit de mon agent
Me sauveront du cordon astringent.
J'entends Chariton.... du courage !
Je lui vais annoncer que le remu ménage
Est arrivé des Pays-Bas.

SCENE V.

CHARITON, GILLE.

CHARITON.

BONJOUR, docteur.... vous me voyez bien las.
Mes recherches sont épuisées....
A la marquise on ne sait point d'hôtel ;
Nos deux femmes sont des rusées,
Et sur l'abbé mon soupçon est cruel.

GILLE.

Il sort d'ici, confrere....

CHARITON.

Et m'a-t-il rapporté
Trois cents louis qu'il m'avoit emprunté ?....

(1) Glousser, (cris des poules.) *Quid cantat gallina ?... vanum....*

(2) Funambule, (danseur de corde.) Allusion à la potence.

GILLE.

Ah ! nous ſommes dedans, & l'abbé des Eſſences,
Sur notre argent, ſe permet des licences,
A nous mener tous deux à l'hôpital.
Et comment avez-vous été ſi libéral ?

CHARITON.

Mon pauvre ami, je n'en ſais rien moi-même ;
Tu te rappelle bien que le ſac d'Angoulême
Etoit ſur cette table.... il y jette un coup-d'œil,
Le demande, l'obtient, le prend, franchit le ſeuil,
Et je ne l'ai plus vu....

GILLE.

Quelle ſcélérateſſe !
Le fripon a pour lui plus d'un tour de ſoupleſſe,
Pour nous eſcamoter le produit du baquet.

CHARITON.

Expliquez-vous, docteur... Fouillon m'a fait entendre...

GILLE.

Laiſſons monſieur Fouillon, il s'agit de la Flandre,
Et de madame Bouſle.... Apprenez un ſecret
Capable d'ébranler votre ame toute entiere....

CHARITON.

Docteur, à ce nom ſeul, je recule d'effroi.
Hé bien, madame Bouſle.

GILLE.

A la ſalpêtriere,
Ou peu s'en faut.

CHARITON.

Es-tu fou ? . . .

GILLE.

Non, ma foi !
Cette femme enragée, enrage d'être femme
De maître Boufle, aujourd'hui Chariton.
Elle parcourt la ville & la cour, où, dit-on,
Elle vous fait paſſer pour un affreux bigame ;
Nous devons à l'abbé ce ſalutaire éveil.
Comment vous trouvez-vous ?

CHARITON.

A moi toujours pareil.
Je ne ſaurois y croire. . . . Ami, pure chimere !

GILLE.

Vous êtes prompt à vous flatter, confrere ; . . .
Mais avec ces erreurs, ces êtres de raiſon,
On va magnétiſer les murs d'une priſon.
Soyez pourtant tranquille. . . . avec un peu d'audace,
L'abbé qui ſort d'ici, pour lui donner la chaſſe,
Peut-être à ce moment, la tient dans ſes liens ;
Et s'il peut être cru, ſes ſecours & les miens
Nous répondent aſſez d'un coup de main ſubtile,
Dont il s'eſt chargé ſeul.

CHARITON.

Et ce coup de main, Gille ?

GILLE.

Eſt un enlévement par lettre de cachet,
Qui mettra votre femme à l'ombre d'un guichet.
J'ai, de ſa penſion, moi-même fait l'avance.

Mais,

Mais, admirez la riche circonſtance !
Cent louis-d'or, dont je m'étois nanti
Pour la réception d'un cuiſtre de college,
Initié, mécontent, & parti,
Viennent d'être livrés pour lui tendre ce piege;
Et l'abbé n'en veut pas avoir le démenti.

CHARITON.

Je ne crois pas un mot de cette fable :
Nouvelle eſcroquerie, à ne vous rien cacher,
Digne de celle de la table.
Notre affamé d'argent a ſu vous accrocher,
Sur un prétexte pitoyable,
L'or que du médecin vous veniez de toucher...
Voilà toute l'intrigue .... elle aura ſon iſſue,
Nous l'attendrons.

GILLE, *à part.*

C'eſt un coup de maſſue
Que l'obſcurité du complot !

CHARITON, *avec feu.*

De l'énergie, ami.... la crainte eſt ſuperflue...
L'impaſſibilité, docteur, c'eſt notre lot.
Voici l'heure indiquée à ma ſotte milice ;
Je vais expédier mes baqueteurs au mois ;
Puis, j'irai débrouiller le fil de l'artifice.
Poſtez votre trompette.... & qu'il ſonne trois fois.

(Gille va au fond du théatre, fait ſigne au trompette, & l'on entend le tantarare.)

SCENE VI.

Les précédents, LA PRÉSIDENTE DE VIEUX-BOIS ; un instant après, LE BARON ISCHIAS ; un instant après, LE COMMANDEUR DE LA BOSSIERE ; un instant après, LE CHEVALIER DE LA FREDAINE & Mlle. JUCONDE ; un instant après, FOUILLON ; un instant après, la BETYSY ; un instant après, Mme. BOUFLE & JAVOTTE, sous les noms de Sophie & de la Marquise. *(Il faut observer qu'à chaque entrée, le trompette sonne, & que chaque malade remet à la porte son billet de souscription à un Houssard, qui annonce le nom de la personne.)* BISTOURI, CHARPIE & DIAGREDE entrent les derniers, & sans appareil.

CHARITON, *après que le trompette a sonné.*

LE signal est donné.... nous allons voir la clique....

UN HOUSSARD.

Madame de Vieux-Bois.

CHARITON.

C'est ma paralytique.

(A Gille.)

Allez à sa rencontre, & prêtez-lui le bras.

GILLE.

N'est-ce point dégrader ?...

CHARITON.

Un peu ; mais rien n'eſt bas
Quand pour ſon intérêt on encenſe une idole....

GILLE.

Je vais donc, en ce cas, lui ſervir de conſole.

LA PRÉSIDENTE, *à Gille.*

Ah, mon fils !... quelle honnêteté !
(A ſes porteurs.)
Ne vous écartez pas.... & dites à Nérine
Qu'elle m'attende en la piece voiſine.
(A Chariton.)
Que de peines pour la ſanté !
Pour aujourd'hui vous me l'avez promiſe... ?
Pour aujourd'hui, ſans aucune remiſe.

CHARITON.

Un peu d'eſpoir, madame de Vieux-Bois... ?
Sur la ſanté, l'eſpérance a des droits,
Preſque autant que mon entremiſe.

LA PRÉSIDENTE.

Ah ! ſi jamais cet eſpoir m'échauffa,
Si j'ai fait quelques vœux pour être moins ſouffrante,
C'eſt bien, aimable enfant, en ce jour !

CHARITON.

Le ſofa
A madame la préſidente.

LA PRÉSIDENTE.

Eh quoi, perſonne encore !... on étoit convenu
Que ce ſeroit avant la comédie....

CHARITON.

Ceux qu'escorte la maladie,
Madame de Vieux-Bois, ont le pas lent, menu;
Et votre exception est rare....
Il faut un peu d'égard.... nous ne tarderons pas
D'avoir baquet complet.... J'entends le tantarare.
Quelqu'un nous vient.

UN HOUSSARD.

Le baron Ischias.

LE BARON, *roulé par un porte-faix dans une brouette.*

Si je n'en guéris pas, du moins j'ai l'assurance
Que votre traitement n'est pas fort dangereux....

CHARITON.

Ah, monsieur le baron, un peu de confiance....
Et sur mon traitement, soyez moins rigoureux!
Le fluide affectant les régions squirreuses (1),
Détergeant les humeurs visqueuses,
Dans vos reins, hanches & jarrets,
Se portera par d'invisibles jets.
Vos vertebres, vos nerfs reprendront leur mobile;
Vous deviendrez vigoureux, souple, agile;
Vous marcherez, & même danserez
Mieux qu'à vingt ans....

(1) Les parties du corps où se forment des tumeurs dures, mais sans douleur, qui interceptent les articulations par leur humeur mélancolique.

LE BARON.

Des maux invétérés
Ne s'enlevent pas de la ſorte....
Que je puiſſe marcher.... danſer, très-peu m'importe !

CHARITON.

J'en ai guéri, baron, de plus déſeſpérés.

UN HOUSSARD.

Le commandeur de la Boſſiere.

LE COMMANDEUR.

Voici, docteur, votre cuiſſe héronnière (1),
Votre aſthmatique & l'homme au double mont.
Il faut en convenir.... le ſujet eſt fécond,
Pour illuſtrer le magnétiſme.

CHARITON.

Reſſentez-vous toujours vos douleurs d'éréthiſme (2)?

LE COMMANDEUR.

Plus que jamais....

CHARITON.

Eh ! tant mieux (3), commandeur...
C'eſt le mal qui combat contre mon art vainqueur.
Ces maux cuiſants, ces criſes ſalutaires,
Sont mes moyens auxiliaires,
Plus qu'un grand fonds de foi... je vous réponds de tout.

---

(1) Maigre & deſſéché juſqu'à la hanche.

(2) Irritation violente des fibres, qui rend leur oſcillation extraordinaire.

(3) Ce tant mieux eſt le grand retranchement de tous les charlatans; ils penſent, par ce mot, couvrir leurs béyues, & prolonger l'eſpérance.

LE COMMANDEUR.

Je ſuis plus confiant qu'aucun de vos ſectaires....
Ou guerir ou mourir, docteur.... le grand va-tout.

UN HOUSSARD.

Le chevalier de la Fredaine.

LE CHEVALIER.

Ajoute, huiſſier.... & ſon guide charmant.
(A Chariton.)
Eh bien, l'ami.... cette goutte ſereine
Se fondra-t-elle?... Ingénûment,
Puis-je eſpérer que votre Béliſaire
Reviendra de l'aveuglement?...
Je ne ſuis propre à rien.... & je ſuis mouſquetaire!

CHARITON.

Mon art a triomphé de pluſieurs cécités :
(Prenant la main de Juconde.)
Croyez-y, chevalier.... Je prends ſur moi le reſte.
Sur notre globe, il eſt tant de rares beautés,
Que c'eſt un ſort, ſans doute bien funeſte,
D'être privé d'un ſens pour les conſidérer....
Avant qu'il ſoit un mois, vous pouvez recouvrer
Ce bien ſi cher, cette faveur ſuprême,
(En contemplant Juconde.)
Et jouir des attraits, que j'admire moi-même.

LE CHEVALIER.

Je prends votre parole, & ſais comme je doi
(En s'aſſeyant, & à part.)
Récompenſer.... ou punir l'empiriſme.

JUCONDE.

Et ma poitrine, mon cher roi,
Qu'en conclura ton magnétiſme ?

CHARITON, *mettant le doigt ſur la poitrine de Juconde.*

Toujours, en cette part, un vif tiraillement ?

JUCONDE, *minaudant.*

Je te donne à penſer.... docteur, c'eſt un tourment
Qui me fera périr, ſi ton art ne me l'ôte.

CHARITON.

Auſſi, belle Juconde.... eſt-ce un peu votre faute !
Point de régime.... on ſoupe.... & chaque nuit,
La redoute, le jeu.... les petites folies.
On veut jouir.... c'eſt là le bon eſprit;
Les femmes en ſont plus jolies....
Mais de tous ces plaiſirs, le maraſme eſt le fruit.

LE CHEVALIER.

Eh, docteur.... trêve d'homélies!
Mademoiſelle eſt-elle ici
Pour venir demander merci ?
Qu'elle ſoit maigre ou non, prudente ou ſans cervelle,
Guériſſez-la, morbleu!... c'eſt choſe eſſentielle....
Depuis un mois elle ne chante plus,
Et c'eſt un deuil....

CHARITON.

Je veux pour les débuts (1)

(1) La rentrée du théatre.

(A Juconde.)

La rendre aux amateurs. Mais un peu de ſageſſe....
Sachons nous ennuyer....

JUCONDE.

En eſt-on la maîtreſſe!...
Que vous connoiſſez mal les filles de Momus (1)!

CHARITON.

Il faudra donc pour vous, faiſant pluſieurs miracles,
Surmonter à la fois, le mal & les obſtacles.

UN HOUSSARD.

Monſieur Fouillon....

FOUILLON, *au Houſſard.*

Le de.... pourquoi l'oublies-tu?
(A Chariton.)
Je t'apporte, docteur, mon ventre & ſa miſere.
Le ventre.... tu verras qu'il eſt bien abattu;...
Mais ce diable de méſentere!
Ah, ah, Meſſieurs... grand concours de ſouffrants...
Cela ſera fort gai.... nous ſommes tous parents,
Tous compagnons.... ainſi je prends un ſiege,
(A ſes laquais.)
Sans compliment. Eloignez-vous, cortege!

UN HOUSSARD.

La Betyſy....

---

(1) Momus, le dieu de la raillerie, repréſenté tenant un maſque d'une main, & une marotte de l'autre. (Les filles de Momus, celles qui reprennent les actions des hommes, & dévoilent leurs ridicules....) C'eſt l'objet en général de la comédie.

FOUILLON.

Le nom eſt bien bourgeois....

CHARITON, *à l'aſſemblée.*

Adeptes, excuſez, ſi j'admets cette femme....
Un traitement public ne tolere aucun choix;
D'ailleurs, elle eſt honnête.

LE COMMANDEUR, *à part.*

Et vaut bien l'autre dame.

FOUILLON.

Entrez, la grande Betyſy....
Etes-vous fille?...

LA BETYSY.

Hélas! Monſieur, quaſi;
Car, depuis dix-huit mois que je ſuis en ménage,
Je n'ai point eu d'enfants....

FOUILLON.

Et c'eſt quaſi dommage.

CHARITON, *la faiſant aſſeoir.*

Mettez-vous là, ſans vous déconcerter....
(A l'aſſemblée.)
Madame Betyſy, bourgeoiſe édifiante,
Qui vient chez moi ſolliciter
Le ſecret d'être procréante.

JUCONDE.

Et le magnétiſme animal,
A donc auſſi la vertu prolifique?...

CHARITON.

Non pas absolument, mais il la revendique
A la nature, & rien n'en va plus mal.

UN HOUSSARD.

Madame la marquise avec sa demoiselle.

CHARITON, *à l'assemblée, après avoir été au devant des deux dames annoncées, & leur avoir parlé un instant en particulier.*

Ces dames m'ont chargé, Messieurs, de vous prier
De ne point les contrarier
Sur le voile qui les récele.

FOUILLON.

C'est ici, comme au bal.... en masque, en domino;
La grande liberté !... d'ailleurs, l'*incognito*
Est le piquant d'une assemblée.

CHARITON, *mystérieusement.*

C'est de la plus haute volée !

(Il fait asseoir Javotte, & conduit Mme. Bousle à l'angle le plus reculé du théatre.)

Sur ce fauteuil, Madame;... & vous, sur celui-ci.
(Il lui baise la main.)
Que vous m'avez donné, bel enfant, du souci !
(Revenant au centre des adeptes.)
Nous allons préluder.... je n'attends plus personne.
(Il s'asseoit.)
Que l'attention m'environne !
Le plus petit coup-d'œil, Messieurs, d'observateur,
Sur mon systême & sa doctrine,
En ma faveur, sans doute détermine.

En aveugle contemplateur,
Je n'ai pas, comme les modernes,
Dressé des plans sur des formes externes ;
J'ai scruté la nature avec la dignité
Qu'exige cette grave étude.
Un retour vers l'antiquité
M'a fait frémir de notre ingratitude
Pour ce centre de vérité.
Quoi ! me suis-je écrié.... trop avides de modes,
Nous en cherchons jusque dans les méthodes
Qu'inventent chaque jour de prétendus docteurs,
Esclaves de nos goûts & vendus aux erreurs !
Où sont ces ignorants .... que je leur dise en face,
Que de l'art de guérir ils ont perdu la trace.
Jargon, perruques, belles mains,
Forment tout le savoir de ces contemporains.
Nos ancêtres en médecine,
Avoient un autre tact & d'autres procédés,
Qui valoient bien la bonne mine :
On les voyoit desséchés, excédés
Par leurs recherches vigoureuses ;
Alchymistes profonds.... leurs mains laborieuses,
Ne quittoient le fourneau que pour les manuscrits,
Où les progrès de l'art par eux étoient transcrits.
Ils consultoient la nature en silence,
Et la nature, avec munificence,
Leur faisoit part de ses dons précieux :
* Hé bien, j'ai fait.... plus que tous nos aïeux.
Dans les entrailles de la terre,
S'endoctrinoit l'antique faculté,

Et moi, Meſſieurs, j'évoque la ſanté,
Du ſéjour même du tonnerre;
Cette fille du ciel l'habite ſûrement,
Car c'eſt du ciel que je la fais deſcendre.
Redoublez de recueillement,
Et vous allez tous me comprendre.
Point de vuide ici-bas.... Ce point ſi débattu,
Se trouve enfin fixé par ma vertu.
C'eſt au fluide magnétique
A tout remplir.

JUCONDE.

Ce fait eſt ſans réplique.

CHARITON.

Cette ſubſtance a ſon flux & reflux;
Et ſes courants, en tous lieux répandus,
Conſervent leur niveau, ſans laiſſer aucun vuide.
Les corps mêmes en pyramide,
Sont inveſtis par cette ubiquité,
D'être vagant ſans régularité;
Et la lune agiſſant ſur ce niveau fluide;
Lui procure un reſſort de verticalité (1);
Voilà la clef de tous les phénomenes.
On a reſté long-temps à concevoir
Comment le corps de l'homme étoit un réſervoir
De ces matieres homogenes;

(1) Le mouvement d'un point, qui tombe perpendiculairement du ciel ſur la terre. Propoſition ſeptieme de la doctrine Meſmérienne : le fluide deſcend du ciel, & retourne ſans ceſſe d'où il eſt émané.

On s'étonne sur-tout, mais je le ferai voir,
Que celui de la femme en contient davantage.

FOUILLON.

C'est en tout qu'on accorde aux dames l'avantage.

CHARITON.

Il me seroit aisé de prouver tout cela,
Par des raisonnements abstraits, mathématiques;
Mais préférons des preuves méthodiques;
(Montrant le commandeur & Fouillon.)
Elles sont sous ma main; adeptes, les voilà!
Monsieur le commandeur semble, par la nature,
M'être indiqué pour servir de figure
Au systême à développer.
Sa poitrine exaltée, ovale,
A son dos paroît se grouper,
Par la ligne diagonale,
Que la tête devroit couper....
Sous cette double forme, un vrai flux se signale.
Monsieur le commandeur, sans doute, un soir d'été;
Sur le gazon s'étant jeté,
Pour y prendre le frais & dormir à son aise,
La lune se trouvoit lors en conjonction (1);
Il lui survint une diaphorese (2);
Et de cet accident, par consécution,
Cet astre lui pompa, par un jeu pneumatique,
Tout le fluide magnétique,

---

(1) C'est la rencontre de la lune avec le soleil, sous un même degré du zodiaque.

(2) Évacuation par les pores de la peau.

Que ſon eſtomac receloit.
A l'inſtant qu'il ſe réveilloit,
Étourdi de ſon infortune,
Il ſe retourne, & préſente à la lune
Une autre face, un autre effondrement (1);
C'étoit le dos. Le fluide élément,
En fuit, comme ces météores
Qui ſortent de la terre & s'exhalent en l'air;
Voilà l'effet de cette haute mer,
Que vous voyez ſur ſes épaules....

LE COMMANDEUR.

Comment... la lune ſeule a conſtruit mes deux moles?...
C'eſt bien original.

JUCONDE.

Souvent ſur le gazon,
J'ai paſſé la ſoirée entiere,
Sans avoir éprouvé pareille exhalaiſon....

CHARITON.

C'eſt que la lune alors n'étoit pas meurtriere....
L'abdomen (2) de monſieur Fouillon
S'explique auſſi par l'action lunaire.
Un jour, bourré de bonne chere,
Et la cervelle au court-bouillon,
Il ſe frottoit le ventre, & ſe rouloit par terre;
La lune qui paſſoit par le méridien,

(1) L'action de vuider avec violence.

(2) Partie du bas-ventre, depuis les cuiſſes juſqu'au diaphragme, qui enferme les inteſtins.

Le plus bas des trois cent-ſoixante,
Le ſurprenant en bizarre maintien,
Détermina cette forme ſaillante
Que vous appercevez ſur ſes gros inteſtins.
De là, Meſſieurs, ſa force d'inertie (1),
Et qui s'altéreroit en leucophlegmatie (2)
Entre les mains de nos faux médecins.

FOUILLON.

Il eſt, certes, bien agréable
Que ce magnétiſme animal,
Puiſſe ainſi m'indiquer la cauſe de mon mal !...
Mais, cette lune redoutable,
Ne pourriez-vous donc pas, par réciprocité,
Lui ſoutirer cette malignité ?

CHARITON.

Oui, j'en ai le ſecret, mais apprenez ma crainte ;
Peut-être ce projet donneroit-il atteinte
A ce que nous nommons les intimes reſſorts
Qui ſoutiennent entr'eux l'harmonie des corps.
Si du grand tout, l'occulte intelligence
Venoit à s'altérer par cette expérience !
Ne dérangeons pas l'univers ;
N'allons rien haſarder, & bornons notre gloire
A prévenir mille accidents divers,
(Montrant le baquet.)
Par ce ſalutaire grimoire.

---

(1) Perſévérance des corps dans leur état.

(2) Humeur aqueuſe, extravaſée dans les pores de la peau. (Eſpece d'hydropiſie.)

Je ſuis mon plan, & c'eſt le cas ici,
(Regardant Mme. Bouſle.)
De m'adreſſer au ſexe aimable & tendre.
Meſdames, vous êtes auſſi
Soumiſes aux courants, que je viens d'entreprendre
De vous prouver par deux moyens adroits;
Mais les bas fonds & les détroits,
Ralentiſſent un peu leur fougue qui s'y briſe.
Les mers en cu-de-ſuc, le golfe de Veniſe,
Les détroits de Corinthe, Anian, Magellan,
Sont, par exemple, ainſi que l'Océan,
Sous l'influence de la lune;
Mais leur peu de largeur, & leur avalaiſon (1),
Mettant un frein aux fureurs de Neptune....

JUCONDE.

Graces, docteur, pour la comparaiſon.
Votre théorie eſt charmante,
Pleine de ſel, & fort divertiſſante;
Mais, dites-nous pourquoi ces courants furibonds,
Cés cu-de-ſacs, ce golfe & ces bas fonds,
Sont un obſtacle aux loix univerſelles?....

CHARITON.

Un traité que je dois publier ſur les vents,
Et le canal des Dardanelles,
Vous rendra tous auſſi ſavants
Qu'on peut l'être en ces bagatelles.
Je paſſe à ma pratique.

---

(1) Chûte d'eau impétueuſe, torrent, courant rapide.

LE

LE CHEVALIER, *d'un ton de dépit.*

Et vous faites fort bien,
Les dissertations n'étant pas le moyen
De nous conduire à l'évidence.

CHARITON.

Monsieur le chevalier.... j'implore le silence.
Personne qui n'ait éprouvé,
Quand la lune est en quadrature (1),
Que son corps, de fluide est bien moins abreuvé
Que sous une autre phase.

JUCONDE.

Et par quelle aventure?

CHARITON.

C'est qu'alors le soleil tient l'astre de la nuit
Captif & sans puissance, usurpant un crédit,
Que pendant sa rencontre alors lui-même exerce,
Mais en vous attirant, Messieurs, en ligne inverse.
Qu'ai-je donc fait?... Vous allez le savoir:
Au mixte que voilà, *(le baquet.)* j'ai transmis le pouvoir
Que Phœbus & Phœbé s'arrogent sur la terre;
Ces deux astres auront beau faire,
Mon baquet les défie, ils ont perdu leurs droits,
(En se levant & montrant le baquet.)
Et de l'attraction je fixe ici les loix.

FOUILLON.

Quelle étonnante découverte!
Comme le docteur est alerte

(1) La rencontre de la lune, à qatre-vingt-dix degrés du soleil.

Pour mettre à la raiſon ces corps capricieux,
Qui ravagent la terre en parcourant les cieux !

CHARITON.

Et le plus beau de mon ſyſtême,
C'eſt que j'ai joint l'utile au ſtratagême ;
(Avec emphaſe.)
J'aime la race humaine, & la veux conſerver.

LE CHEVALIER, *d'un ton de dédain.*

Et c'eſt préciſément ce qu'il reſte à prouver.

CHARITON.

Vous êtes pétulant, chevalier....

LE CHEVALIER, *vivement.*

A la preuve....

CHARITON.

Gardez tous vos ſoupçons pour la fin de l'épreuve.
Nous allons opérer... *(A Gille.)* Vous, docteur ſubſtitut,
En raiſon d'une main plus forte & plus peſante,
Chargez-vous des meſſieurs, faiſant votre début
Sur madame la préſidente ;
Et moi j'attoucherai ces dames.... s'il leur plaît.

JUCONDE.

On doit vous préférer.... Mais un contact douillet....
Vous connoiſſez notre délicateſſe !...

CHARITON.

Belle Juconde, il ſera d'une eſpece
Analogue au tempérament.
Je n'appuirai que ſur peu de parties ;

Mais en douceur, & ſeulement
Pour établir les ſympathies.
(Aux Angoumois.)
Pour vous, meſſieurs les apprentis docteurs,
Obſervez bien, je vous en prie;
Vous formerez la galerie,
A titre de ſous-profeſſeurs.
Que chacun réprime en ſon ame (1),
Les doutes dont l'eſprit ſeroit préoccupé.
Pour l'intérêt commun, adeptes, je réclame
Un abandon anticipé.
Je ſuis bien aiſe, en cette circonſtance,
De vous préſenter mon adjoint,
Pour un docteur par excellence.
Il eſt inſtruit, Meſſieurs, de point en point,
Et digne, autant que moi, de votre confiance.

(Ici chacun ſe leve & ſalue Gille, qui répond ridiculement aux révérences; les femmes voilées ſont les ſeules qui ne ſaluent pas.)

(A Gille.) Docteur, ſoyez très-réſervé
Sur la vertu de la baguette;
Nous n'avons que trop éprouvé
En quelles tranſes elle jette,
Quand l'uſage prudent n'en eſt pas obſervé.

GILLE.

Soyez tranquille, mon confrere....
Je ſais comme j'en dois uſer....

---

(1) Le grand précepte des magnétiſeurs; ils ſavent trop qu'ils n'ont point de puiſſance ſur une imagination muette & oiſive.

Par le district, sur-tout, qu'on me confere,
Je ne vois pas que j'en puisse abuser.

(Chariton & Gille quittent leur épée, & frottent leurs mains pour développer, dit-on, le magnétisme. Le magnétisant s'asseoit en face du magnétisé, appliquant les côtés internes de ses genoux sur les côtés externes des genoux du patient; le magnétisant met le plus grand appareil à ses gestes, à son son de voix, à ses regards, &c. &c. &c.)

CHARITON, *à Juconde.*

Votre attraction la plus forte
Est toujours au pôle du nord.

JUCONDE.

Ah! tu l'as deviné, docteur, de prime abord.

CHARITON.

Souffrez donc que ma main s'y porte.
(A la rate.)
Je vais, en décrivant quelques cercles dessus,
Provoquer un léger reflus
A son fluide magnétique.
Il faut que Juconde m'explique
Ingénuement ce qu'elle croit sentir.

JUCONDE, *avec tout le manege d'une courtisane.*

Trop charmant Chariton.... à ne te point mentir,
Ta salutaire main me trouble & me pénetre
D'un tourbillon de feu.... sous tes doigts, arrondi,
Et je sens que son diametre
S'élance au pôle du midi.

CHARITON, *avec enthousiasme.*

Deux pôles à la fois...., quels heureux équilibres!...
Agaçons à présent les fibres....

(Il tire de sa poche une baguette de fer, armée à chaque bout d'un bouton de liege; il en sort un, & applique la baguette au creux de l'estomac de Juconde.)

Je vais vous faire éprouver, bel enfant,
Une sensation nouvelle.

JUCONDE, *dans le plus grand désordre.*

Dieux! dieux! ce que je sens n'a point de parallele.
C'en est assez.... ton art est triomphant....
Ah! comment définir.... mon ame se distille....
C'est un désordre affreux....

CHARITON, *avec grace.*

Ce trouble est la santé;
Mais ne me croyez pas, Juconde, plus tranquille....
Je devrois me dire inhabile
A magnétiser la beauté.
Pour le baquet, vous voilà préparée.

(Il la quitte, & passe auprès de Mme. Boufle.)

JUCONDE, *se renversant sur son fauteuil, & demeurant en position gracieuse.*

Que ma poitrine est délabrée!...

GILLE, *qui a suivi les mêmes procédés que son maître, sur la présidente, avec beaucoup de lazzis.*

Eh quoi, Madame! on ne sent rien encor?

LA PRÉSIDENTE.

Rien du tout, mon enfant.... appuie un peu plus ferme,
Et plus long-temps....

GILLE.

J'ai peur d'enlever l'épiderme.

LA PRÉSIDENTE.

(Gille la pince.)

Va, va, le cuir eſt dur.... Tu me pince, butor !

GILLE.

Eh, point du tout, je déloge la lune.

LA PRÉSIDENTE *lui donne un ſoufflet.*

Déloge ce ſoufflet....

GILLE, *à part.*

(Haut.) Peſte de la rancune !
Je vais pourſuivre, & ſerai plus adroit ;
Je ne vous toucherai que du bout de mon doigt.

LA PRÉSIDENTE.

Je ne veux plus être palpée....
A la baguette....

GILLE, *reculant d'effroi.*

Eh! quoi.... vous ſeriez-vous trompée,
Juſqu'à prétendre à ce ſecond agent....
Il vous feroit mourir....

LA PRÉSIDENTE.

Ah ! ſois plus obligeant....
Mon ami, ſi j'en meurs, eh bien, à la bonne heure....
J'aurai du moins ſenti la criſe intérieure,
Qui vient d'extaſier la dame d'opéra.

GILLE.

Mais vous n'y ſongez pas.... une pareille criſe,
Sur vos nerfs deſſéchés, ne peut plus avoir priſe.
Conſultez le docteur qui vous l'aſſurera.

CHARITON, *ſans quitter Mme. Boufle, & en ſe retournant ſeulement du côté de la préſidente.*

M'étant juché ſur l'étoile polaire
Qui réagit ſur mame de Vieux-Bois,
J'ai reconnu qu'étant ſexagénaire,
La baguette étoit nulle....

LA PRÉSIDENTE, *ſuppliant.*

Encore cette fois,
Par égard à la circonſtance.
Ne mangeant plus, hélas! dois-je au moins ſuçoter.

CHARITON, *à Gille.*

Allons, docteur.... un peu de complaiſance....

GILLE, *avec beaucoup de démonſtrations.*

Vous le voulez, princeſſe.... il faut vous contenter...

(Il tire ſa baguette, ſe met en garde, dirige la pointe au front de la préſidente, en ſuivant les mouvements de ſa tête, mais ne donnant que dans le vuide, le tout avec lazzis.)

LA PRÉSIDENTE.

Quoi! ſans rien appliquer... déjà plus de trois pauſes...
De bonne grace, on fait au moins les choſes!...
Ça ne me manquez plus.... on ne voit point d'affront
Plus dur à ſupporter pour une préſidente.

GILLE.

Madame, je vous vise au juste, & sur le front;
Mais votre tête vacillante,
Me fait manquer le pôle, & je vous fais faux bon.
(A Diagrede.)
Un coup de main, Eustache Diagrede.....
Fixez la tête, & la maintenez roide....
Empoignez donc....

DIAGREDE.

Par où?...

GILLE.

Par les cheveux.

DIAGREDE.

Je n'en vois pas un seul....

GILLE.

Eh bien, ferme à l'oreille;
Le point d'appui sera plus vigoureux.

DIAGREDE, *à la présidente.*

Madame, permettez....

LA PRÉSIDENTE.

Oui, mon fils....

GILLE.

A merveille.
J'ajuste.... Attention.... Pour le coup m'y voilà.
(Il lui applique la baguette sur le front.)
Ah! celle-ci doit faire époque:
Car l'intrépidité ne va pas au delà.

LA PRÉSIDENTE *prend un râlement, & fait des contorsions.*

La pituite m'étouffe.... Arrête.... Je suffoque....

GILLE *fait claquer ses doigts devant son nez.*

Ciel.... elle va mourir.... Madame, ouvrez les yeux.
Comment vous trouvez-vous?

LA PRÉSIDENTE *revenant à elle.*

Mais, docteur, un peu mieux.

GILLE.

Vous l'avez bien voulu.

LA PRÉSIDENTE.

C'est ce que j'allois dire....
Mais ta baguette a sans doute un défaut....
Car aucune jamais, depuis que je respire,
Ne me causa le moindre soubresaut....

GILLE.

Un vice à ma baguette.... Et qui pourroit vous croire?
On jugeroit plutôt à ce raisonnement,
Que sur les qualités de cet outil charmant,
Vous avez tout perdu.... le goût & la mémoire.
Jusqu'au baquet, il faut vous soutenir....
Et n'allez pas, de grace, évanouir.
(Il passe à Fouillon.)
A nous deux, gros papa.... main basse sur ce ventre,
De tous vos maux, le foyer & le centre....
(En le magnétisant.)
Vous voyez que ma main, pour sortir d'un combat,
Est encor vigoureuse, & dans un bon état....

Sentez-vous quelque chose, & votre mésentere
Eprouve-t-il une douce chaleur,
Que mon contact lui reverbere ?

FOUILLON.

Ton art est en défaut.... Pas la moindre ferveur....

GILLE.

Je vais donc renforcer.... Eh bien... pas davantage ?...

FOUILLON.

Rien encore....

GILLE, *le palpant avec violence.*

A présent....

FOUILLON, *le repoussant.*

Au diantre l'animal !....
Peut on bien m'applatir, avec autant de rage,
L'aissieu du pôle boréal ?...
J'ai la rate en compote, & souffre le martyre.

GILLE.

Tant mieux, monsieur Fouillon ; car j'ose vous prédire,
Que plus la crise est vive, & le spasme profond,
Plutôt vous guérirez... mon art vous en répond.
Le baquet finira la cure.
(Il passe au baron.) *(Il se frotte les mains.)*
A monsieur le baron.... Chargeons le conducteur....

LE BARON.

Je vais donc à mon tour recevoir la torture....

GILLE.

Où dois-je vous frotter ?...

LE BARON.

Hélas ! par-tout, docteur...

CHARITON, *à Mme. Boufle.*

Tant de bonheur me déifie ;
Vous consentez, adorable Sophie,
A me donner votre main, votre foi ;
Et pour le prix d'un destin si propice,
Vous n'exigez qu'un léger sacrifice....
Que m'importe mon art, devant vous épouser ?...

Mme. BOUFLE.

Au mépris, cher amant, n'allez pas m'exposer....

CHARITON, *avec ame.*

Sentez mieux l'effet de vos charmes...
Qui n'a pu vous voir sans aimer,
Peut-il être amoureux, & vous mésestimer ?...
Pour moi sont faites les alarmes ;
Si d'un feu mal éteint, & qui peut vous trahir,
Vous alliez conserver le tendre souvenir !...
L'abbé qui sut vous plaire....

Mme. BOUFLE.

Eh, que pouvez-vous craindre
De ce vil séducteur, dont j'ai tant à me plaindre.
Je vous défends tout sentiment jaloux....

(Elle prend la main de Chariton, qu'elle pose sur son cœur.)

Ah ! ce cœur, pour la vie, est bien à mon époux.

CHARITON, *dans le délire.*

Comme il est agité !...

Mme. BOUFLE.

Son trouble & sa tendresse,
S'accroissent, je le sens, sous la main qui le presse.
Le vôtre, mon ami.... Puis-je, à mon tour, savoir
S'il s'explique assez haut pour nourrir mon espoir?

(Elle met aussi se main sur le cœur de Chariton.)

CHARITON, *d'un ton de flamme.*

Il ne palpite pas, belle amie.... il galope,
Et voudroit bien briser son enveloppe,
Pour voler près du vôtre, & confondre ses feux,
A ceux dont vous brûlez.

Mme. BOUFLE, *toujours enlacée dans les bras de Chariton.*

Jurez donc par tous deux,
Que pour prix de ma tendre flamme,
Vous abandonnerez vos projets entrepris,
Et qu'avec vous, je quitterai Paris,
Sous le titre de votre femme.

CHARITON, *ne se possédant plus.*

Que la foudre sur moi, tombe en plus d'un éclat....
Que mon ame, à l'instant, soit rendue engourdie,
Si ce serment auguste....

Mme. BOUFLE, *soulevant son voile.*

Arrête, scélérat!...
Rougis de ton erreur & de ta perfidie.

CHARITON, *reculant d'effroi.*

Où suis-je... ô ciel!... madame... par pitié...
Ne vous déclarez pas.... *(à part.)* Je suis pétrifié!
Ne vous déclarez pas....

Mme. BOUFLE, *avec nobleſſe.*

Je le veux bien, parjure !...

Mais, garde ton ſerment, ou je te défigure.

CHARITON.

Quelle eſt cette autre femme, avec ſon voile bas ?...

Mme. BOUFLE.

Cette femme eſt, pendard, ma fidelle Javotte,
Par qui j'ai ſu ta ſecrete anecdote.
C'eſt pour mes intérêts qu'elle a ſuivi tes pas ;
Sur ſon avis, apprenant ton manege,
Je ſuis venue à temps pour te ſauver du piege
Que te tendoit un déteſtable abbé,
Qui de pluſieurs façons, t'a, m'a-t-on dit, fourbé.
Lui-même dégoûté d'une petite brune,
Qui compte autant d'amants, que d'oiſifs à Paris,
Et qui n'a ni vertu, ni titres, ni fortune,
Il alloit t'endoſſer ſes précieux débris.

CHARITON.

(A part.)

Ni fortune !... Ah ! l'abbé... la noirceur eſt horrible.

(Haut.)

Madame, au nom de Dieu, demeurez inviſible !
Je vais expédier tout ce monde... après quoi,
Je ne ſongerai plus qu'à vous rendre ma foi.
Ne vous déclarez pas... ſur-tout, point d'apoſtrophe !

Mme. BOUFLE.

Je feindrai, j'y conſens.

CHARITON, *s'éloignant.*

Funeſte cataſtrophe !

(A part.)

Dieux!... ſi j'avois la lettre de cachet!...

(A Javotte.)

Madame la marquiſe... il n'eſt point de baquet
Pour la pauvre Sophie... elle eſt trop affoiblie...
Pour lui faire éprouver d'autres émotions....
Ma main ſeule a produit trop de commotions....
Je ne ſuis pas d'avis que l'on les multiplie....

(A Gille.)

Docteur... introduiſez ces dames un moment,
Dans le ſalon deſtiné pour les criſes...
Et ſoutenez Sophie à tout événement.

GILLE, *avec beaucoup de lazzis.*

Allons, Meſdames les marquiſes...
Les matelats ſont prêts... venez y culbuter....

Mme. BOUFLE, *avant de diſparoître.*

Pour la premiere tranſe... on peut te ſouffleter.

GILLE, *la main ſur la joue.*

Je quitte la partie, & n'ai pas fantaiſie,
De ſervir de plaſtron à tant de frénéſie.

(A Chariton.)

Docteur, il y fait chaud, & le genre nerveux,
Eſt chez la jeune fille un genre bien hargneux.

CHARITON, *riant.*

Ce n'eſt rien, mon confrere... on ne doit pas ſe plaindre
D'une ſi belle main....

GILLE.

D'accord, quand c'eſt pour feindre;

Mais un revenant-bon, de la ſorte appuyé,
Enlaidit bien la main qui vous l'a dédié.

JUCONDE, *d'un ton de perſiflage.*

Te voilà bien ému, docteur; & ta pouponne,
Sans te colaphiſer, a fait ſur ta perſonne,
Un ravage étonnant.

CHARITON.

Ah! c'eſt la vérité....
Jamais ſujet ne m'a tant tourmenté,
Et l'agent a donné le dernier coup d'épaule.
Mais ce n'eſt rien.... je ſuis tranquilliſé....
Monſieur le commandeur eſt-il magnétiſé?...

LE COMMANDEUR.

Non, pas encor; mais il eſt ſur le rôle.

CHARITON, *à Gille.*

Allons, docteur, avançons, s'il vous plaît....
Et vous, monſieur de la Fredaine....

LE CHEVALIER.

Le pauvre diable, hélas! ſouffre & reprend haleine.

CHARITON.

Dans un inſtant vous ſerez ſatisfait.
(A Betyſſy.)
Paſſons à ma grande bourgeoiſe.
Exercer un coloſſe, & ſur-tout l'émouvoir,
C'eſt de la beſogne à la toiſe.
Au lieu de main, il faudroit un preſſoir....

FOUILLON, *à Chariton.*

Appuyez ſur la chanterelle....

CHARITON, *la magnétiſant.*

Que ſent madame Betyſy ?...

LA BETYSY.

Je ne ſens qu'une main.

CHARITON, *lui applique la baguette ſur la rate.*

A préſent, que ſent-elle ?...

LA BETYSY, *tremblante des pieds & des mains, ayant des ſoubreſauts, & faiſant tomber la baguette des mains de Chariton.*

C'eſt une horreur.... Je deviens cramoiſi.
Et ma pudeur....

CHARITON, *avec dépit.*

Eh, fi de la niaiſe !...
Vous ferez l'enfant à votre aiſe,
Lorſque j'aurai pompé de vos eſprits vitaux
La doſe de fluide analogue à vos maux.
(Il lui remet la baguette.)

LA BETYSY, *faiſant des contorſions convulſives.*

Ah ! bourreau... c'en eſt trop... voulez-vous que j'expire?
Mais, que vous ai-je fait ?... Si j'éclatois de rire,
(Elle rit avec de grands éclats.)
Pour qui me prendroit-on ?... Mes ſens ſont égarés....
Et tous mes nerfs enchevêtrés (1).
(Elle tombe en ſyncope.)

---

(1) Engagés, embarraſſés, entortillés.

CHARITON.

CHARITON.

Quelle robuſte contexture !
Tout en un tel ſujet eſt hors de la nature.
Il ne faut pourtant pas la laiſſer plus long-temps,
Dans l'abſence de ſes cinq ſens.

(Il fait peter ſes doigts devant ſon nez.)

Madame Betyſy, revenez à la vie !
Le baquet finira de vous développer.

LA BETYSY, *revenant à elle.*

Hélas ! ſi de vos mains je pouvois échapper....
Du baquet je n'ai nulle envie.

CHARITON.

Il vous eſt eſſentiel, Madame, & vous l'aurez.

GILLE, *à Chariton.*

Voilà tous ces meſſieurs, docteur, bien préparés.
Finiſſons par un mouſquetaire....

(Il paſſe au chevalier.)

LE CHEVALIER, *ironiquement.*

Le mouſquetaire, ami, commence à voir plus clair...
Quand je dis que ma vue eſt claire,
Je m'entends, Chariton... ce n'eſt pas mot en l'air.

GILLE, *à part.*

Au diantre ſoit le trouble fête !...

(Chariton approche le chevalier, & lui parle un inſtant à l'oreille, pour l'engager à être pacifique, & à ne rien dévoiler, ſans doute ſur la promeſſe de lui rendre ſon argent.)

LE CHEVALIER.

Légérement... au dessus de la tête....

CHARITON, *le magnétisant.*

Vos eaux sont basses, chevalier....
On obtiendra très-peu de chose..

LE CHEVALIER, *feignant.*

Je sens déjà la vapeur d'un brasier,
Par-tout où votre main se pose....

CHARITON.

Et nous cesserons donc, vu vos yeux délicats....
Mais après le baquet... bon jour au taffetas !
(Le bandeau de ses yeux.)
(A l'assemblée.)
Ah ! nous touchons enfin au moment des prodiges ;
Soumettez-vous, Messieurs, à de légers vertiges
Que va provoquer mon baquet....
Des soubresauts, des cris, & des gambades !...
Mais tout cela, d'un salutaire effet.
(Chariton dit ce qui suit de son harmonica qu'il accorde.)
(A Gille.)
Docteur, attachez les malades !...
(Aux Angoumois.)
Messieurs... un coup de main... autour du réservoir ;
(La Betysy se leve, & veut fuir.)
Promenez les fauteuils.... Daignez donc vous rasseoir,
Madame Betysy... vos humeurs sont bizarres !

(A Gille.)

Maintenant, adaptez les barres.
Monſieur le commandeur, & monſieur le baron,
Aux cuiſſes.... Betyſy, comme monſieur Fouillon,
A l'abdomen.... La charmante Juconde,
A la poitrine.... Et mame de Vieux-Bois,
A l'occiput.... C'eſt tout, je crois.

FOUILLON, *à l'aſſemblée.*

Nous allons donc danſer la magnétique ronde.

LE CHEVALIER.

Que ferez-vous de moi, docteur?

CHARITON.

Ah, j'oubliois monſieur de la Fredaine;
Mais il n'a pas beſoin, je crois, du conducteur.
A préſent, ſubſtitut, faites former la chaîne....
(Chaque malade s'unit par la main.)

(Aux Angoumois.)

Éloignez-vous, meſſieurs les aſſiſtants;
Un des reſſorts les plus puiſſants
Du magnétiſme, eſt la muſique;
C'eſt le grand véhicule, & le plus ſympathique,
Pour ramollir notre ame, & l'ouvrir au déſir
D'être bien tourmenté....

LA BETYSY.

Voyez le beau plaiſir!..

CHARITON, *les doigts ſur le clavier.*

Silence.... On va donner le ſignal d'épouvante (1) !
(Il fait un prélude.)
De l'immobilité.... Chacun ſur ſon fauteuil....
Pendant que je jouerai, ſubſtitut, ayez l'œil
Sur madame la préſidente.

GILLE, *à part.*

Gare l'*album græcum*, & la roche puante !

CHARITON *ouvrant un grand livre de muſique.*

Les premiers couplets du recueil.

(Il chante & s'accompagne.)

Secret agent, magnétique influence,
De mon cuvier, féconde la vertu ;
L'art aſſaſſin va perdre ſa puiſſance ;
La médecine eſt un monſtre abattu.

Prête à mes ſons ces langoureux preſtiges,
Portant au cœur un trouble ſouverain ;
Que ton autel acheve les prodiges
Qu'ont ébauché ta baguette & ma main.

Que de tréſors, ce pénétrant phoſphore (2),
Va vous ouvrir, adeptes fortunés ! ...
N'aimez-vous plus, n'aimez-vous pas encore ?...
Vous ſentirez....

---

(1) Tout cet appareil impoſant, pour s'emparer des imaginations.

(2) Corps ou matiere brûlante & lumineuſe.... Alluſion au baquet.

JUCONDE *acheve le vers & l'air.*

Oh ! nous avons bon nez.

CHARITON, *dans le dernier dépit.*

Vit-on jamais pareille extravagance ?
Rompre, par un mauvais bon mot,
Ma céleste correspondance....
Croyez-vous être ici dans un tripot,
Où l'on passe tout aux actrices....
Respectez un peu plus un mystere sacré,
Et ne comparez pas, d'un air évaporé,
Mon sanctuaire à vos coulisses.

LE CHEVALIER.

Que diable aussi, monsieur le beau chanteur....
Vous nous engourdissez par votre symphonie,
Sans songer que la compagnie,
Dans laquelle, peut-être, il n'est point d'amateur,
Malgré votre chanson, se trouve empoisonnée
Par d'infectes exhalaisons....
Qui, sans produire en nous d'utiles guérisons,
Ne nous font grimacer qu'à l'aide d'une apnée (1).

---

(1) Défaut de respiration.

SCENE VII.

Les Précédents, UN SERGENT, & plusieurs RECORS.

LE SERGENT, *à la porte.*

CELA m'est fort égal.... j'entre de par le roi.

GILLE, *à part.*

Juste ciel ! le fluide encore à tous les diables....
Oh ! quant à ces messieurs.... ils en sont sur ma foi.

CHARITON.

Morbleu.... je vous trouve admirables,
De forcer mes Houssards, & d'entrer sur ce ton....
Savez-vous que je suis le docteur Chariton ?

LE SERGENT.

J'ai presque eu peur d'une méprise....
Mais votre aveu me tranquillise.
Or sus, lisons.

GILLE, *à part.*

Hélas ! tout est perdu.

LE SERGENT *lit.*

» Ensuite de l'ordre rendu
» En notre hôtel général de police,
» En date de ce jour.... il est dit, que justice
» Est accordée au dénonciateur,
» Noble Claude Filipendule,
» Se disant médecin-docteur :
» Lequel en sa plainte stipule,

» Qu'étant allé chez un quidam,
» Portant nom Chariton, faiſant le charlatan,
» On auroit pris, au ſuſdit noble Claude,
» De guet à pan, par aſtuce, & par fraude,
» Une bourſe de cent louis.
» Mandons, en conſéquence, à notre huiſſier requis,
» D'appréhender au corps, même en ſon domicile;
» Le ſuſdit charlatan.... & quand il ſera pris,
» De le traduire aux priſons de la ville
» Pour y prêter ſes réponſes.... Signé
» Cartemouche, greffier.

FOUILLON.

Tout eſt bien déſigné....
Pauvre docteur!... cet arrêt eſt terrible!...

CHARITON, *avec un ſang-froid affecté.*

Un homme tel que moi, Meſſieurs, eſt impaſſible,
Et dès long-temps ne tremble plus.
Le quidam de l'exploit eſt un olibrius
A qui je n'ai de reſſemblance
Que par un nom, & ſur lequel encor
On a bien pu faire une diſcordance.
Un charlatan ſans importance,
A mon égard, n'eſt que du ſimilor;
Vous me faites enfin un conte ridicule;
Je ne connus jamais, Claude Filipendule.

LE SERGENT.

Tant mieux pour vous, mais ſuivez-moi toujours.

UN RECORS.

Outre le nom,... la phyſionomie!...

CHARITON.

Je n'irai point, & c'est une infamie.

LE SERGENT.

Les menotes, recors, pour finir le discours.....

CHARITON.

Ah! suis-je un criminel?...

FOUILLON, *à part.*

Cela n'est pas notoire;
Mais pour fripon, je commence à le croire.

UN RECORS, *voulant lui mettre les menottes.*

Point de cérémonie....

CHARITON.

Arrêtez, mes amis,
Je marcherai de bonne grace,
Pour confondre mes ennemis.

FOUILLON, *à l'assemblée.*

Eh bien, Messieurs.... nous sommes dans la nasse.

SCENE VIII, & derniere.

Les précédents, Mme. BOUFLE.

Mme. BOUFLE, *accourant.*

SUSPENDEZ un moment, mon aimable officier;
(Au sergent.)
J'ai de quoi tout pacifier;
Sa grace est dans ma poche.....

GILLE, *à part.*

O sort! sois-moi propice!...

Mme. BOUFLE.

N'est ce pas cent louis surpris par artifice,
Que venez réclamer ici?...

LE SERGENT.

Eh bien, les avez-vous?...

Mme. BOUFLE.

Oui, Monsieur, les voici:
(Montrant la bourse à Gille, puis la remettant au sergent.)
La pension à la Salpêtriere....
La reconnois-tu bien, scélérat impudent?...
(Au sergent.)
Ce n'est pas mon mari... mais son vil intendant,
Qui, sous son nom, & se donnant carriere,
Sur la foi d'un secret divin,
A su les escroquer au docteur médecin.
Mais une autre noirceur, digne de la premiere;
Un abbé supposé, maître en subtilité,
Archi-fripon, rompu dans le désordre,
Se servoit de cet or pour acheter un ordre,
D'accord avec ce gueux, contre ma liberté.
Ce n'est qu'avec beaucoup d'adresse,
Que je suis parvenue à tromper leurs desseins...
L'abbé craignant ma fureur vengeresse,
S'en est sauvé, remettant en mes mains,
Le fruit de sa scélératesse.

(A Chariton.)

Vos marquiſes de carnaval,
Par un ordre municipal,
Sont ſous le verrou de la géole.

JUCONDE, *avec le plus amer perſiflage.*

Et l'agent a donné le dernier coup d'épaule.

Mme. BOUFLE, *au ſergent.*

Intrépides recors!... & vous, ſergent royal,
Changez de proie, & dreſſez un verbal;
Vengeons-nous, il eſt temps. Meſſieurs, que l'on arrête,
(A Gille.)
Ce ſcélérat à ma requête....
Quittant Malines, il a ſû,
Eſcamoter à mon inſçu,
Ma caſſette d'économie.
Je veux qu'il ſoit pendu.

CHARITON, *à Gille.*

Docteur... quelle infamie!

GILLE, *aux genoux de Mme. Boufle.*

Vous me voyez, maîtreſſe, à vos genoux....
La caſſette ſera remiſe.
Elle a fait, il eſt vrai, le voyage avec nous,
S'étant, par pur haſard, gliſſée en ma valiſe;
Mais par haſard auſſi, la clef, que je n'ai pas,
A de mes mains préſervé ſes appas.
Elle a comme au départ, & l'ame, & la carcaſſe.

Mme. BOUFLE.

Où donc eſt-elle?...

GILLE.

Au fond de ma paillaſſe.

Mme. BOUFLE.

Va la chercher... ſi tu dis vrai,
Et que tout ſoit intact, je te pardonnerai.

(Gille s'en va.)

CHARITON, *à l'aſſemblée.*

Vous le voyez, Meſſieurs, rien ici pour mon compte...
Qu'une femme rendue, & dont je n'ai pas honte....
Un moment égaré par de folles amours,
Je reviens de bon cœur à l'hymen pour toujours.
Ma femme, permettez qu'achevant ma ſéance....

Mme. BOUFLE.

Tout eſt fini... mon honneur vous diſpenſe
D'abuſer plus long-temps de la crédulité
D'honnêtes gens, dont aucun n'eſt flatté
De devenir votre victime.
Maître Boufle, Meſſieurs, mon époux légitime,
Tanneur, rien au delà, n'a pas plus de ſecret
Pour vous guérir, que ſon eſcroc valet.
L'appareil impoſant de leur charlataniſme,
S'emparant de l'eſprit de quelque emmuſelé,
Pourroit bien y produire un effet iſolé;
Mais d'après lui, le magnétiſme,
N'eſt rien moins qu'un ſalutaire art;
Et cette découverte eſt l'enfant du haſard.
Principes ignorés.... procédés équivoques....
Doctrine ridicule.... & réſultats baroques,

Sont le tiſſu d'un ſyſtême inventé,
Pour careſſer votre goût pour les modes.
On veut pour de vieux maux, de nouvelles méthodes;
Qu'un charlatan paroiſſe il eſt accrédité,
Par le ſel de la nouveauté.

BISTOURI, *à ſes camarades.*

De la crédulité nous payons le béjaune....

LE CHEVALIER.

De la ſtupidité nous encenſons le trône....

CHARITON *confus.*

Ah! de vous rembourſer ſi j'avois le moyen....

FOUILLON.

Effronté charlatan.... vas.... tu ne nous dois rien....
Nous payons de bon cœur l'amende à ton adreſſe;
Ne faut-il pas acheter la ſageſſe?...

LE COMMANDEUR.

Trop heureux que le maſque ait été découvert,
Avant la moindre inconſéquence!

Mme. BOUFLE.

Heureuſe auſſi, Meſſieurs, qu'un peu de prévoyance,
De ce piege fatal, vous ait mis à couvert!

FOUILLON, *à Mme. Boufle.*

Agréez-en notre reconnoiſſance.

LA PRÉSIDENTE.

Oh, je ne donne pas dans un tel dénouement,
Et je veux le baquet irrévocablement,
Duſſé-je m'y plonger....

LA BETYSY.

Quant à moi, pauvre dupe....
Je quitte ſans regret la place que j'occupe,
Aimant mieux reſter ſans enfants,
Epuiſer ma jeuneſſe en efforts impuiſſants,
Que de conniver davantage
Aux ſortileges indécents,
De ce honteux patelinage. *(Elle s'en va.)*

LE SERGENT.

Je n'ai plus rien à faire ici....
Qu'on me paye la priſe, & je décampe auſſi.

CHARITON, *le payant.*

Race d'enfer, ſequelle impitoyable,
Tournez-moi les talons, & giboyez au diable.
Puiſqu'en courant à l'immortalité,
On rencontre de tout côté,
Des détrouſſeurs de votre eſpece,
J'y renonce avec alégreſſe.
Pour la ſeconde fois, honteux dans mon eſſor,
Las de pourſuivre en vain, un nom, la gloire & l'or;
Je retourne à ma tannerie.
Mes adeptes pourront avec effronterie,
Braver tant de dangers, & peut-être en ſortir.
Avec tous les ſuccès.... qu'ils propagent ma ſecte....
De leur célébrité, je ſerai l'architecte;
Mais on ne dira pas: Boufle en fut le martyr.

BISTOURI.

La rétractation eſt ſans doute exemplaire!
Mais ſans nous y tenir, nous faiſons notre affaire;

D'utilifer ce qu'avez entrepris....
Il faut bien profiter de nos trois cents louis !
Puifqu'en l'art de guérir, depuis l'apothicaire,
Jufqu'à nos docteurs érudits,
Tout eft obfcur, excepté les profits,
Autant vaut le baquet.

LE BARON.

Meffieurs, on nous éclaire....
De tout côté, le trifte pot au noir.
D'aveugles guides nous conduifent,
Et nous font payer cher un inutile efpoir.
Les plus fages, je crois, font ceux qui les méprifent.
Rejetons pour toujours la coupe de l'erreur.
Nous en avons tâté.... lequel en eft meilleur ?

JUCONDE.

Moi, je cours refaifir celle de la folie,
Et ne veux plus la laiffer échapper :
On y trouve du moins, pendant qu'on eft jolie,
L'oubli de tous fes maux.

FOUILLON.

Et moi, je vais fouper.

FIN.

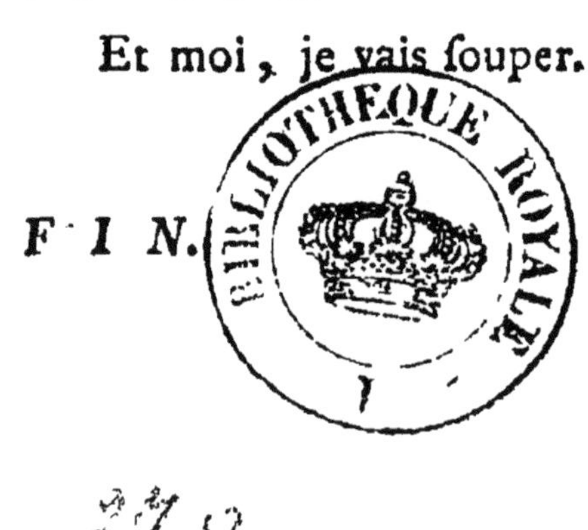

www.ingramcontent.com/pod-product-compliance
Ingram Content Group UK Ltd.
Pitfield, Milton Keynes, MK11 3LW, UK
UKHW020235220726
13923UKWH00002B/670